長編サスペンス

囮《おとり》刑事《デカ》 警官殺し

南 英男

祥伝社文庫

目次

第一章　恩人の犯罪疑惑　5
第二章　元刑事たちの影　71
第三章　架空の重要参考人　130
第四章　隠された接点　185
第五章　偽装工作のからくり　246

第一章　恩人の犯罪疑惑

1

何かが舞った。

暗がりからだった。才賀雄介《さいがゆうすけ》は歩きながら、目を凝《こ》らした。

篠《しの》つく雨で、視界が悪い。高円寺《こうえんじ》の裏通りである。六月中旬の夜だ。

白い雨脚《あまあし》の踊る路面には、藤色《ふじいろ》の傘《かさ》が転がっていた。女物だった。

逆《さか》さまになった傘のそばで、男と女が揉《も》み合っている。どちらも二十代だろう。痴話喧《ちわげん》嘩《か》か。

才賀はたたずんだ。二人の様子を見る気になったのである。

「放《はな》してったら！」

「有理《ゆり》、もう一度やり直そう」

「もう無理だわ。終わったのよ、わたしたちは」

「合コンで知り合った女と弾《はず》みでホテルに行っただけじゃないか。ただの遊びだったんだ」

「そのことが赦《ゆる》せないの！」

「だから、何遍《なんべん》も謝《あやま》ったじゃないか」

「謝って済む問題？」

「もっと寛大《かんだい》になれよ。マザー・テレサの名言じゃないけどさ、誰かを本気で愛したかったら、まず赦すことを知らなきゃな」

「都合《つごう》のいいことを言わないでよっ」

「おれは、まだ未練たっぷりなんだ。それなのに、こっそり引っ越すなんてひどいよ」

「友樹《ともき》はストーカーみたいに毎日、わたしにつきまとったでしょ？　それから前のワンルーム・マンションに合鍵を使って忍び込んで、室内盗聴器を仕掛けたわよね？　だから、気味悪くなったの！」

「盗聴器の件も悪かったと反省してるよ。行き過ぎだったよな？　でも、それだけ有理のことを想《おも》ってるから……」

「こっちは迷惑だわ」

「そこまで嫌われたんじゃ、修復は不可能だな。短い人生だったよ」

「な、何を考えてるの!?」

「有理、おれと一緒に死んでくれ」
二十七、八のサラリーマン風の男が腰の後ろに手を回し、登山ナイフを引き抜いた。片腕を掴まれている女が悲鳴をあげ、全身で抗《あらが》った。もう傍観《ぼうかん》していられない。
「おい、やめろ！」

才賀は大声で諫《いさ》め、大股でカップルに歩み寄った。すると、有理と呼ばれた女が才賀にしがみついてきた。

「救《たす》けて！　わたしを救けてください」

「ずぶ濡れじゃないか」

才賀は自分の傘を大きく傾けた。

有理は美しかった。色気も漂わせている。二十五、六か。

「邪魔《じゃま》しないでくれ。これは、おれたち二人の問題なんだから」

友樹と呼ばれた男がうっとうしげに言った。

「ナイフをおれに渡すんだ」

「いやだ！　どかないと、あんたから先に刺すぞ。おれは、有理を道連れにして死ぬ気でいるんだ」

「人を刺すには、それなりの度胸《どきょう》がいるもんだ。逃げられた女にしつこくつきまとってるストーカー野郎にゃ、それだけの度胸はないだろうが。刺したきゃ、刺してみろ」

才賀は挑発した。

友樹が目を攣《つ》り上げ、登山ナイフを握り直した。雨を吸った前髪が額《ひたい》にへばりついていた。ライト・グレイの背広も濡れて、すっかり変色している。

「どうした？」

「さ、刺してやる。あんたをぶっ殺してやらあ！」

「吼《ほ》えてないで、早く突っ込んで来いよ」

才賀は茶化《ちゃか》し、片足を強く踏み鳴らした。

友樹が反射的に跳《と》びのいた。次の瞬間、彼は身を翻《ひるがえ》して逃げ去った。

才賀は体を折り、藤色の傘を拾い上げた。柄《え》の水気を切ってから、持ち主に手渡す。

「ありがとうございました」

有理が礼を述《の》べた。濡れた白い長袖ブラウスは肌に密着し、ブラジャーが透《す》けて見える。妙にエロティックだ。このまま別れてしまうのは、なんとなく惜《お》しい。

「自宅は近くなのかな？」

「七、八百メートル先にあるワンルーム・マンションに住んでるんです」

「行きつけの酒場が少し先にあるんだ。そこで髪や服を乾《かわ》かしてから、家に帰るといいよ」

「ええ、でも……」

「さっきの男が、きみのマンションの近くで待ち伏せしてるかもしれないぜ。少し時間を稼《かせ》いでから、帰宅したほうがいいと思うがな」

「その酒場というのは？」

「カウンター・バーだよ。どうする？」

「連れていってください」

「オーケー」

才賀は先に歩きだした。数歩後《あと》から、有理が従《つ》いてくる。

二人は百数十メートル進み、『エンパシー』に入った。昭和レトロ趣味を色濃く滲《にじ》ませた店内には客の姿はなかった。BGMはオスカー・ピーターソン・トリオのナンバーだった。

「お連れさんがご一緒なんですね」

バーテンダーの石堂謙《いしどうけん》がにやついた。

才賀は無言でうなずいた。石堂は才賀と同《おな》い年で、満三十六歳だ。元小劇場の演出家である。

「ハンド・タオルを二、三枚、彼女に貸してやってくれないか」

才賀は有理を見ながら、石堂に声をかけた。

「わかりました」

「ドライヤーはある？」

「ありますよ」

石堂はカウンターの横にあるクローゼットから、数枚の乾いたタオルとドライヤーを取り出した。

「ご迷惑をかけます」

有理がタオルとドライヤーを両手で受け取り、化粧室の中に消えた。

才賀は、カウンターのほぼ真ん中に腰かけた。石堂が手早くバーボン・ロックをこしらえ、ミックス・ナッツを出した。

才賀は両切りピースに火を点けた。

ヘビー・スモーカーだった。一日に六、七十本は喫《す》っている。そのうち肺癌《はいがん》になるかもしれない。そのときは、そのときだ。

「どこで拾った娘《こ》なんです？」

石堂が声をひそめて訊《き》いた。才賀は経緯《いきさつ》を話した。

「もちろん、何か下心があったんでしょ？」

「それは想像に任せるよ」

「才賀さんは不良だからな。悪徳警官と呼んでもいいんじゃないですか？」

「そいつは言い過ぎだろうが」

才賀は微苦笑《びくしょう》し、煙草《たばこ》を強く喫《す》いつけた。彼は警視庁捜査四課の刑事である。同課は暴力団絡《がら》みの殺人、傷害、恐喝などの捜査に当たっている。

才賀の職階は警部だ。警部になったのは二十八のときである。ノンキャリア組ながら、それまでの出世は早いほうだった。

もっとも、その後は一度も昇級試験を受けていない。出世欲は、さほど旺盛ではなかった。

警察機構を支配しているのは、五百数十人の有資格者《キャリア》だ。彼らは警察庁採用の国家公務員である。

警視庁採用の現場捜査官が得られる職階は、せいぜい警視までだろう。その位《くらい》まで昇りつめるのは並大抵ではない。才賀はストレスを溜《た》め込んでまで偉くなりたいとは思っていなかった。それ以前に現場捜査が好きだった。

本来、才賀は検事になることを夢見ていた。都内のマンモス私大を卒業すると、司法浪人になった。三年がかりで司法試験に挑《いど》むつもりでいた。

しかし、六法全書を丸暗記することは思いのほか難しかった。刑法関係の条文は割に憶《おぼ》えやすかったが、民法には苦労させられ通しだった。

才賀は中学生のときに器械体操で頭部を傷《いた》め、その後遺症《こういしょう》で時々、記憶が途切《とぎ》れる。記憶力そのものは健常者と変わらないのだが、何かの弾《はず》みで健忘症に陥《おちい》るのだ。いつも前兆はない。それだけに厄介《やっかい》だった。

そうした事情があって、才賀は検察官になることを諦《あきら》め、警察官になったのである。第二志望は刑事だった。交番勤務を振り出しに渋谷署生活安全課、新宿署刑事課と移り、二十九歳のときに本庁捜査四課に配属された。以来、同じセクションにいる。

才賀は身長百六十五センチと小柄だが、きわめて負けん気が強い。凶暴な犯罪者を相手にしても、臆《おく》するようなことはなかった。広域暴力団の理事クラスとも対等に渡り合ってきた。

顔つきは厳《いか》つい。鷲《わし》を連想させる面立《おもだ》ちで、鋭い目は他人に威圧感《いあつかん》を与える。頭は丸刈りだ。いわゆる恐持《こわも》てタイプだが、弱い者いじめはしたことがない。卑劣《ひれつ》なことは大嫌いだった。俠気《おとこぎ》があった。

才賀は腕っぷしも強い。少林寺拳法三段で、剣道や柔道の心得もある。射撃術は上級だ。

才賀は狡猾《こうかつ》な冷血漢には、少しも手加減しない。非情なまでに痛めつけ、時には半殺しにしてしまう。だが、老人や女性には優しく接している。

才賀は一度咬《か》んだ犯罪者は、何があっても絶対に離さない。

そんなことから、彼は裏社会の連中から〝マングース〟と恐れられている。才賀の姿を見ただけで、こそこそと逃げ出す荒くれ者も少なくない。

アナーキーだが、暴力団係刑事としては高く評価されていた。現に課内での検挙数は常にトップだった。

だが、才賀は目下《もっか》、休職中である。一年以上も前にチンピラやくざを射殺してしまったからだ。先に拳銃の引き金を絞ったのは相手だった。

しかし、実弾は放たれなかった。チンピラやくざの背後にいる暴力団組長が空砲のトリックを使って、過剰防衛で才賀を不利な立場に追い込もうと画策《かくさく》したのである。

才賀はそのことを見抜けずにチンピラやくざの顔面を撃ち砕《くだ》いてしまった。相手は即死だった。

才賀は過剰防衛で刑事告発されることを覚悟していた。

ところが、思いがけない展開になった。なぜか、才賀の発砲は正当防衛と断定されたのである。上層部が東京地検に働きかけ、才賀の過失を不問に附《ふ》してくれたのだろう。

警察官僚たちはマスコミや世間の批判を躱《かわ》したかったにちがいない。才賀は、そう思った。

しかし、上層部の狙いは別にあった。本庁の彦根《ひこね》和明《かずあき》刑事部長に呼び出されたのは、ちょうど休職して十日後のことだった。

刑事部長は各捜査課を束《たば》ねている。彦根の職階は警視長で、ノンキャリア組の出世頭だ。才賀は呼ばれた理由がわからなかった。彦根刑事部長は会うなり、耳を疑うような話を切り出した。

休職したまま、超法規捜査に携《たずさ》われというのである。才賀はとっさに返事ができなかった。と、刑事部長は真顔《まがお》で同じ言葉を繰《く》り返した。

十年あまり前から年々、犯罪者の検挙率が落ちている。このままでは警察は威信《いしん》を保《たも》てなくなってしまう。

そのことを憂慮《ゆうりょ》した法務大臣が密《ひそ》かに警察庁長官や警視総監と協議を重ね、非合法捜査に踏み切る決断をしたらしい。警視総監は才賀を超法規捜査官にうってつけの人材と判断し、彦根に例の発砲を正当化させたという。その話を聞いて、才賀は得心《とくしん》した。

国家ぐるみの超法規捜査のことは、ごく一部の関係者しか知らないそうだ。特命を下《くだ》すのは彦根刑事部長だが、極秘任務について他言は厳禁だと念を押された。

うっかり非合法捜査のことを外部に漏《も》らした場合は、ただちに闇に葬《ほうむ》られるらしい。また、極秘捜査中に命を落としても責任は一切《いっさい》負えないという。

その代わり、捜査に必要な違法行為にはすべて目をつぶってくれるそうだ。犯罪そのものの隠蔽《いんぺい》は当然だが、死体も別働隊に片づけさせてくれるらしい。さらに、いつでも支援の要請はできるという話だった。

おまけに特命で凶悪な事件を解決させれば、一件に付き一千万円の報奨金《ほうしょうきん》が支払われるという。しかも、捜査費は無制限に遣《つか》えるそうだ。その上、特別仕様の覆面パトカーや官給品以外の銃器も貸与されるという好条件である。

自我の強い才賀は同僚とペアを組むことが苦手だった。単独捜査なら、誰にも気兼ねなく行動できる。いいことずくめなのに、賞金も稼げるとは夢のような話ではないか。

才賀は二つ返事で、彦根の申し入れを受けた。それから、はや一年余が流れている。才賀は、その間に四件の特命をこなし、総額四千万円の報奨金を得た。

しかし、とっくに賞金は遣《つか》い果たしてしまった。休職中も正規の俸給は貰《もら》える。言ってみれば、報奨金は一種の泡銭《あぶくぜに》だ。まだ独身とあって、貯蓄に励む必要もない。

酒と女に目のない才賀は賞金が懐《ふところ》に入るたびに、夜の繁華街で豪遊した。銀座の高級クラブをそっくり借り切って、二十数人のホステスと朝まで飲み明かしたこともある。いつも臨時収入は派手に散財《さんざい》してきた。みみっちいことは性《しょう》に合わなかった。

バーボン・ロックをお代わりしたとき、化粧室のドアが開いた。

才賀は視線を泳がせた。有理のセミ・ロングの髪は完璧《かんぺき》にブロウされている。メイクも仕直したようだ。目鼻立ちがくっきりとして、一段と美しく輝いていた。

「使ったタオルはちゃんと洗って、ハンガーに掛けておきました。これ、ありがとうございました」

有理が謝意を表し、ドライヤーを石堂に返した。ブラウスにもドライヤーを当てたらしく、半《なか》ば乾いていた。

「ホット・ウイスキーでも作ってやってくれよ」

才賀は石堂に言い、有理をかたわらのストゥールに坐らせた。

「いろいろお世話になりました」

「気にすることはないさ。こうして知り合ったのも何かの縁だろう。おれは才賀、才賀雄介っていうんだ」

「申し遅れましたけど、岩瀬《いわせ》有理です。中堅の商社で、パソコンのオペレーターをやってます」

「そう」

「才賀さんは警察関係の方なんでしょ？」

「どうしてそう思ったんだい？」

「元カレが刃物をちらつかせても、才賀さんは落ち着き払ってましたから」

有理が言った。

とっさに才賀は、陸上自衛官になりすました。現職刑事であることを明かして得することは何もない。有理の前に、ホット・ウイスキーが置かれた。

「さっきの男のことだが、しつこくつきまといつづけるようだったら、一度、警察に相談したほうがいいな」

「そうしたいんだけど、後《あと》の仕返しが怖いんです。元カレは性格が陰険《いんけん》だから、とんでもないことをしそうで……」

「それなら当分、このおれがきみのボディ・ガードになってやろう」

「ほんとに？」

「ああ。とりあえず、今夜はきみを自宅まで送ってやるよ。といっても、おかしな下心はないから、安心してくれ」

「それじゃ、マンションの前まで送ってもらおうかしら？」

「喜んで送るよ。きみが酔ったら、おんぶして家まで送ってやろう」

「それじゃ、わたし、酔っ払うことにします」

有理が本気とも冗談ともつかない口調で言い、グラスを傾けた。アルコールには強い体質なのかもしれない。

才賀は、さりげなく腕時計に目をやった。

まだ十時前だった。夜は長い。じっくり時間をかけて、行きずりの女を口説《くど》けばいい。

焦《あせ》りは禁物だ。

「才賀さんは、もう結婚されてるんでしょ？」

「まだ独身なんだよ。二十歳《はたち》ぐらいから失恋ばかりしてきたから、ちょっと恋愛に臆病《おくびょう》になってるんだ」

「ほんとですか？」

「この通りのルックスだから、モテないんだろうな」

「男性は容姿なんか問題じゃありません。誠実で優しければ、女のハートを射止《いと》めることはできるんじゃないのかな？」

「誠実さでは、ほかの男に負けないと思ってる。これまで相手の女性を裏切ったことは一度もないんだ」

「ええ、そうでしょうね」

有理が相槌《あいづち》を打った。

そのとき、石堂がわざとらしい咳《せき》をした。才賀はバーテンダーを睨《にら》みつけた。石堂が首を竦《すく》めた。

そのすぐあと、才賀の内ポケットで携帯電話《セルラー・テレフオン》が打ち震えた。自宅マンションを出るとき、マナー・モードに切り替えておいたのだ。

発信者を目で確かめる。彦根だった。

「ちょっと失礼するよ」

才賀は有理に断って、店の外に出た。携帯電話を耳に当てたとたん、刑事部長がいきなり問いかけてきた。

「きみは、警察庁の戸浦敏之《とうらとしゆき》監察官とは面識があったっけね？」

「ええ、一度だけお目にかかってます。確か有資格者《キャリア》で、三十七、八だったと思うが」

「そうだよ。その戸浦監察官が今夕《こんゆう》、渋谷の宮益坂上《みやますざかうえ》歩道橋の階段の上から何者かに突き落とされたらしく、首の骨を折って死んだんだ」

「それは気の毒に。戸浦さんは、汚職の疑いのある現職警官を摘発する目的で内偵中だったんですか？」

「そうだったらしい。才賀君、戸浦監察官がマークしてたのは、きみもよく知ってる渋谷署生活安全課の吉岡喬《よしおかたかし》刑事だというんだよ」

「なんですって⁉」

才賀は驚きを隠さなかった。すぐに複雑な気持ちになった。吉岡には、ちょっとした借りがあったからだ。

才賀は渋谷署勤務時代に合成麻薬密売組織のアジトに踏み込んだ際《さい》、犯人グループの一員にイスラエル製の短機関銃《サブ・マシンガン》で撃たれそうになった。

そのとき、先輩刑事の吉岡が才賀に体当たりして救ってくれたのだ。吉岡は左の太腿《ふともも》に九ミリ弾を受け、いまも片脚《かたあし》をわずかに引きずって歩く。

「吉岡刑事は、もう四十一だ。分別のないことはしてないと思うが、警察庁《サッチョウ》からの情報によると、戸浦監察官は半月ほど前から……」

「吉岡さんは、ずっと戸浦さんに尾行されてたんですね？」

「ああ、そういう話だった。今回は、戸浦監察官の死の真相を探《さぐ》ってほしいんだ」

「わかりました」

「実はね、捜査資料を届けに才賀君の自宅に行ってきたんだが……」

「申し訳ありません。近所の行きつけの店で一杯飲《や》ってたんです。これから、すぐ自宅に戻りますんで、少しお待ちいただけますか？」

「いいとも」

刑事部長が先に通話を打ち切った。才賀は店内に戻り、有理に顔を向けた。

「ここで、一時間ほど待っててもらえないか。どうしても自分のマンションに戻らなければならなくなったんだ。必ず戻ってくるよ」

「そういうことなら、どうかわたしのことはお気遣《きづか》いなく。もう少し経《た》ったら、わたし、ひとりで帰宅します」

「振られちゃったな」

「そんなあ。わたし、また、この店に寄らせてもらうつもりです」

有理がそう言い、石堂を熱っぽく見つめた。どうやら彼女は、バーテンダーに関心を持ったようだ。

「その娘《こ》の分も、おれの勘定に付けといてくれ」

才賀は石堂に言って、急いで『エンパシー』を出た。雨は一段と烈《はげ》しくなっていた。傘を拡《ひろ》げ、自宅マンションに向かう。七、八分で塒《ねぐら》に着いた。

彦根はエントランス・ロビーにはいなかった。五階のエレベーター・ホールの隅《すみ》で待っていた。満五十歳のはずだが、四十五、六にしか見えない。童顔のせいだろう。

「予《あらかじ》め電話をすべきだったね。恋人とデートしてたんだったら、どうか勘弁してくれ」

「そんな女はいませんよ。侘《わび》しく独《ひと》り酒を呷《あお》ってたんです。いま、開けますから」

才賀は五〇五号室の前まで走り、上着のポケットから部屋の鍵を抓《つま》み出した。

2

残照は弱々しい。

夕陽は、ほとんど沈みかけていた。才賀は宮益坂上歩道橋に立ち、ぼんやりと高層ビル群を眺《なが》めていた。

付近での聞き込みを終えたばかりだ。前夜、彦根刑事部長から渡された捜査資料によると、戸浦監察官が歩道橋の階段から突き落とされる瞬間を目撃した者は皆無《かいむ》だと記《しる》されていた。しかし、事件現場は都心である。所轄署の地取り捜査が甘かったのではないか。

才賀はそう考え、正午過ぎから付近の聞き込みに回った。しかし、ついに事件の目撃者はひとりも見つからなかった。

都会人は、それだけ他人には無関心なのかもしれない。逆に言えば、それぞれが自分の暮らしに追われ、他者のことを気にかける余裕もないのだろう。哀《かな》しいことだ。

才賀は目撃者が現われなかったことで、安堵《あんど》もしていた。昨夜、このあたりで吉岡刑事の姿を見かけたという者がいたら、もっと気分は重くなっていたにちがいない。

しかし、転落死とは思えない。やはり、他殺なのだろう。

才賀は溜息《ためいき》をついた。

数秒後、上着の内ポケットで携帯電話が鳴った。才賀はセルラー・テレフォンを摑《つか》み出し、サブ・ディスプレイを覗《のぞ》き込んだ。彦根の名が表示されていた。

「何かわかったかね？」

「いいえ、残念ながら。やはり、事件の目撃者はいませんでした」

「そうか。大都会の雑沓《ざっとう》や群衆の中は一種の死角だという説を唱《とな》えた社会心理学者がいたが、実際、その通りなんだろうな」

「ええ」

「少し前に戸浦監察官の司法解剖所見がわたしの手許《てもと》に届いたんだ。戸浦敏之の後頭部には、円《まる》い形をした打撲傷があったらしい」

「歩道橋の階段の角に頭をぶつけても、そういう打ち身は負いませんよね。戸浦さんは加害者に階段の途中で、棒状の凶器で後頭部を強く突かれたんでしょうか？　たとえば、ステッキの先でとか」

「そうではなく、戸浦監察官は遠くからゴム弾で撃たれたんだと思う。というのは、被害者の頭髪に微量のゴムの粉が付着してたらしいんだよ」

「だとしたら、現場のどこかにゴム弾が落ちてる可能性もあるな」

「所轄の渋谷署は現場からは何も犯人の遺留品《いりゅうひん》は見つからなかったと言ってるが、見落としたとも考えられる。才賀君、真っ暗になる前に大急ぎで事件現場をチェックしてみてくれないか」

「わかりました」

才賀は電話を切ると、青山シャンピアホテル側の階段に足を向けた。

ステップを一段ずつ降りながら、足許を仔細《しさい》に眺める。

ミントガムの包装紙や丸められた煙草の空き箱が落ちていた。水色のボタンとヘア・クリップも目に留《と》まった。だが、肝心のゴム弾の類《たぐい》は見当たらない。

才賀は階段を下《くだ》り切ると、足許のあたりを舐《な》めるように観察した。しかし、徒労に終わった。

ゴム弾は幾人もの通行人に蹴飛《けと》ばされ、かなり遠くまで運ばれたのかもしれない。

才賀はそう考え、さらにチェックの輪を拡《ひろ》げた。それから間もなく、陽《ひ》は完全に落ちてしまった。

(気が進まないが、直《じか》に吉岡さんに探《さぐ》りを入れてみよう)

才賀は青山通りに沿《そ》って、渋谷駅方向に歩きだした。

渋谷署は駅前にある。明治《めいじ》通りに面していた。何年か前に改築され、外観は明るい印象を与える。

数分で、渋谷署に着いた。

才賀は玄関ロビーにいた顔見知りの婦人警官に声をかけ、生活安全課の吉岡に取り次《つ》いでくれるよう頼んだ。相手は快諾《かいだく》し、すぐに内線電話の受話器を取り上げた。

二分ほど待つと、エレベーター・ホールの方から吉岡がやってきた。片足を少しだけ引きずっている。才賀は胸が痛んだ。

吉岡は部下を見殺しにすれば、五体満足でいられたはずだ。先輩刑事は自分をかばったために被弾してしまった。その事実は変えようがない。

それだけに、借りを作ってしまった才賀は辛《つら》かった。吉岡と顔を合わせるたびに、申し訳ない気持ちになる。言葉や金品で償《つぐな》えないことだけに、苦悩は深かった。

「久しぶりじゃないか」

向き合うと、吉岡が笑顔で言った。がっしりとした体型で、色が浅黒い。頭髪は短く刈り込んでいる。

「ご無沙汰《ぶさた》してます」

「七、八カ月ぶりだな。才賀、どうした？　いよいよ嫁さんを貰《もら》う気になって、おれんとこに仲人を頼みに来たか？」

「おれに、そんな甲斐性《かいしょう》はありませんよ。近くまで買物に来たんで、ちょっと寄らせてもらったんです。時間の都合《つごう》がつくようでしたら、どこかで飲みませんか？」

「いいね。それじゃ、ちょと待っててくれ。札入れ、上着の中なんだ」

「おれが誘ったんですから、こっちが奢《おご》りますよ」

「年上の人間に恥をかかせるつもりかい？」

「そういうわけじゃ……」

「いいから、ここで待ってろって」

「わかりました」

才賀は笑顔を返した。

吉岡が足早にエレベーター・ホールに向かった。歩幅が大きくなったせいか、跛行《はこう》が目立った。才賀は何か居たたまれない心持ちになった。思わず目を逸《そ》らしてしまった。

待つほどもなく吉岡が戻ってきた。

二人は肩を並べて渋谷署を出た。

「少し先に馴染《なじ》みの鮨屋《すしや》があるんだ。そこで、いいよな？」

「そのへんの居酒屋にしましょうよ。おれたちの俸給は決して高くないんだから」

「うまい鮨を喰わせてくれるんだが、値段はリーズナブルなんだ。妙な遠慮はするなって」

吉岡が才賀の肩を叩き、勢いよく歩きだした。才賀も足を踏みだした。

案内された店は、労働金庫の少し手前にあった。

初老の紳士がカウンターの奥にいるだけで、ほかに客はいなかった。鮨職人は五人もいた。

「ここにするか」

吉岡が出入口に近い付け台の前に坐った。

才賀は吉岡の横に並んだ。吉岡が冷酒と刺身の盛り合わせを注文した。突き出しの白魚と冷酒はすぐに届けられた。

二人は酌《しゃく》をし合って、軽くグラスを触《ふ》れ合わせた。そのとき、才賀は初めて吉岡の左手首のフランク・ミューラーに気づいた。最低でも、正価六十万円以上はするスイス製の高級腕時計だ。

「吉岡さん、いい時計を持ってるんだな」

「へそくりを溜《た》めて、やっと買ったんだよ。おれがロレックスを嵌《は》めてたら、ヤー公と間違えられそうだから、品のいいデザインのこいつを選んだんだ」

「似合ってますよ」

「そうかい」

吉岡は嬉しそうに笑った。

（中三の娘と中一の息子がいる先輩が経済的に余裕があるとは思えないんだが……）

才賀は白魚を食べながら、胸底《きょうてい》で呟《つぶや》いた。

付け台に熊笹《くまざさ》が敷かれ、その上に二つの盛り皿が置かれた。刺身は本鮪《ほんまぐろ》の大トロ、鮃《ひらめ》、鰤《ぶり》、赤貝、車海老《くるまえび》、縞鯵《しまあじ》、鰹《かつお》と盛り沢山だった。

「後で少し握ってもらおうや。その前に何か揚げてもらおう。才賀、どんどん喰《く》って、豪快に飲んでくれ」

「ええ、いただきます」

「まだ休職中なのか？」

「そうなんですよ」

「もう一年以上だな。ちょっと長すぎるなあ。桜田門のお偉方は、おまえが依願退職する気になるのを待ってるのかもしれない」

「だとしても、おれは辞表なんか書きませんよ。遊んでても、ちゃんと俸給は貰えるんですから、楽でいい」

「そうかもしれないが、ずっとそのままってわけにはいかないだろうが？」

「ま、そうですけどね」

「転職する気なら、相談に乗るよ。親しくしてた警察OBが大手の観光会社の顧問になったんだ。その人に頼めば、その会社に潜《もぐ》り込めるだろう」

「その節は、お願いに上がるかもしれません。それはそうと、上のお嬢さんは来年、高校受験でしょ？」

「ああ。おれも女房も公立高校でいいと思ってるんだが、娘は東日本女子大の付属高校に入りたがってるんだ」

「お嬢さん学校だから、初年度の学費は百四、五十万はかかるんでしょ？」

「そうみたいだな。下の坊主も学習塾に通ってるから、教育費が大変だよ」

「でしょうね。吉岡さん、ここは割り勘にしましょう」

「怒るぜ、才賀！　高給取りじゃねえけど、後輩に奢られるほど貧乏してないって」

「それはわかってますよ」

「いいから、今夜はおれに任せろって」

吉岡が言って、才賀のグラスに冷酒を注《つ》いだ。

二人は刺身をつまみにしながら、グラスを重ねた。才賀は頃合を計《はか》って、戸浦監察官の事件のことをさりげなく話題にした。

「今朝《けさ》のテレビ・ニュースで知ったんですが、警察庁の戸浦監察官が歩道橋の階段から誰かに突き落とされて、死にましたよね。おれ、戸浦さんとは一度会ったことがあるんですよ」

「そう」

「吉岡さんは？」

「え？」

「戸浦さんに会ったことは？」

「一度もないよ」

吉岡が素っ気なく言い、箸《はし》で鮓を抓《つま》んだ。

「そうですか。ふつうは、監察官と接触することはないですからね」

「ああ、そうだな。おれは警察庁の監察官も本庁捜査二課の内偵班の奴らも必要ないと思ってるんだ」

「不正を働いてる警察官を野放しにしてもいいってことですか？」

「そうは言ってないよ。風俗店のオーナーや暴力団関係者に捜索情報をこっそり教えて、小遣いを稼いでる刑事たちは最低さ。そうした奴らは屑《くず》だな。けどさ、監察官たちがそういう汚れた連中をいくら摘発しても、無駄なんだよ」

「無駄ですかね？」

「ああ、無駄だな。それから、虚《むな》しいね。もう何十年も前から、犯罪に走ったお巡りが毎年六、七十人も懲戒免職《ちょうかいめんしょく》になってる。二十数万人の人間が警察社会にいるわけだから、中にはそういう不心得者も出てくるさ」

「ま、そうですね」

「チンケな汚職警官を取り締まっても、問題は解決しないって。才賀も知ってるはずだが、警察全体が腐敗《ふはい》してるからな。法の番人であるべきなのに、大物政財界人の圧力に屈《くっ》してるし、マスコミの顔色もうかがってる」

「そういう傾向はありますね」

「警察内部が不正だらけじゃないか。運命共同体ということで、裏帳簿、捜査協力費のごまかし、警察官僚の横暴に多くの者が目をつぶってる。内部告発しようものなら、再就職先も見つけられなくなっちまう。おれを含めて去勢された奴らばかりだから、警察社会そのものが民主化されない。ストレスを溜め込んだ小物《こもの》が裏社会の奴らを陰湿にいじめて、金や女を貢《みつ》がせるようになる」

「ええ、そうですね」

「もちろん、そういう汚職警官は論外さ。しかし、警察官僚に牙《きば》を立てた監察官がこれまでに、ひとりでもいたかい?」

「残念ながら、それはいないでしょうね」

才賀は言って、両切りピースをくわえた。

「監察官の多くが有資格者《キャリア》だからな。昔っから、キャリア同士はかばい合ってきた。小物を何千人、何万人懲戒免職に追い込んでも意味ねえさ。上層部の奴らはいっこうに襟《えり》を正そうとしないんだから」

「吉岡さんの言ってることは間違ってないと思います。しかし、汚職警官の摘発をやめてしまったら、もっと警察社会は悪くなるでしょ？」

「もう救いようのないところまで堕落《だらく》しちまったよ。おれも裏社会の連中からお目こぼし料を貰って、何か商売でも始めたくなるときがある。もちろん、そう思うだけだけどな」

「吉岡さんは悪徳警官にはなれませんよ」

「どうして？」

「体を張って自分の部下をかばうような男性《ひと》には気骨《きこつ》があります。一本筋が通ってる人間は、金や女の誘惑には負けないでしょ？」

「おまえは、まだ若いな。人間は弱くて、狡《ずる》い動物だよ。冴《さ》えない生き方を長くつづけてると、ある種の焦躁感《しょうそうかん》を覚えるもんさ」

「焦躁感？」

「そう。冴えないままで人生を終わらせたくないと切実な焦《あせ》りを感じるんだよ。出世なんかしなくてもいいけど、男として一度ぐらいは華やかなスポットライトを浴びたいとかさ」

「具体的には、どんなことをしたいと考えてるんです？」

「夢想することは、いろいろあるよ。しかし、それを他人に話したところで、仕方がないじゃないか。どうせ笑われるのが落ちだろうからな」

「聞きたいな」

「喋《しゃべ》らねえよ、おれは。話が脱線したが、小物を摘発してる監察官たちは薄汚いスパイみたいで、どうしても好きになれないんだ」

「そうですか」

「戸浦って監察官は汚職警官をたくさん懲戒免職に追い込んで、点数を稼いでたんじゃねえのか。それで、元警官に逆恨《さかうら》みされて、歩道橋の階段の上から突き落とされたんだろう。おおかた、そんなとこだと思うよ」

「そうなんですかね。これは警察庁にいる知り合いから聞いたことなんですが、殺された戸浦さんは渋谷署の誰かをマークしてたらしいんですよ」

「えっ」

吉岡が箸《はし》を落としそうになった。ちょっと鎌をかけてみたのだが、その反応に才賀は逆に驚いてしまった。

吉岡は何か不正を働き、戸浦監察官に目をつけられていたのだろうか。

「誰か思い当たる人物がいます？」

「いや、いないな。生安課にいる刑事はその気になれば、組関係者から金品をせびれる。しかし、黒い人脈と深くつながってる奴はいないね。そっちも知ってる通り、情報収集のために筋者《すじもの》たちと飲み喰いをしてる捜査官は何人もいるよ。けど、鼻薬を嗅《か》がされてる奴はいないいな」

「仮にそういう奴がいても、ベテランの吉岡さんには見抜かれちゃうだろうしね」

「多分、わかると思うよ。それはともかく、うちの署の人間が戸浦監察官にマークされてたんだとしたら、本庁機動隊初動班がおれたち署員の昨夕のアリバイ調べをやりそうだがな」

「そういうことはなかったんですね？」

「ああ。おれはきのう深夜まで署内にいたんだが、初動班の人間は来なかったよ」

「そうですか」

「仮に渋谷署の誰かが戸浦監察官にマークされてたとしても、事件現場は目と鼻の間だからな。いくらなんでも、職場のすぐ近くで犯行には及ばないんじゃねえか？」

「それもそうですね。戸浦さんが渋谷署の誰かをマークしてたとしても、その人物は事件《ヤマ》には関与してないんでしょう」

才賀は明るく言って、鰹の刺身を頬張った。

そのとき、芝海老《しばえび》と小柱《こばしら》の掻《か》き揚《あ》げが運ばれてきた。

二人は肴《さかな》をあらかた平らげると、それぞれ数種ずつ握ってもらった。才賀は鰯《いわし》、穴子《あなご》、鉄火巻を頼んだ。値の張る種《たね》を避けたのは、彼なりの気遣いだった。

「久しぶりに会ったんだから、才賀、もう一軒つき合えや」

「いいですよ。次は、おれが勘定を持ちますからね」

「休職中のおまえに、八万も九万も払わせるわけにはいかないよ」

「スナックに行くんだと思ってましたが、そうじゃないんですね?」

「野郎二人がスナックでカラオケを愉《たの》しんでも冴《さ》えないじゃないか。たまには美人ホステスを侍《はべ》らせて、パーッといこう」

「馴染《なじ》みのクラブがあるんですか?」

「ああ、赤坂にな。その店に行こうや」

吉岡がそう言い、鮨屋の支払いを済ませた。茶色の札入れは万札で膨《ふく》らんでいた。七、八十万円は入っていそうだ。

(やっぱり、先輩は何か後ろ暗いことをしてるんだろうか)

才賀は礼を言って、店を出た。気分が、また重くなった。

ほどなく二人はタクシーに乗り込んだ。

3

店内の造りは豪華だった。

それでいて、気品があった。赤坂の一ッ木《ひとつぎ》通りにあるクラブ『シャングリラ』だ。バー・ビルの四階にある。

入って右手にカウンターがあり、左手に十五卓のテーブルが並んでいる。才賀たち二人は奥の席で、スコッチ・ウイスキーの水割りを飲んでいた。

席についた二人のホステスは、どちらも美しい。二十代の半《なか》ばだろう。

吉岡は席に坐ったときから、終始にこやかだった。ホステスを相手に際《きわ》どい話をしながらも、決して節度は崩さない。隣のホステスを抱き寄せたり、太腿《ふともも》を撫《な》でるような真似《まね》はしなかった。

「才賀さんは、吉岡社長の会社の方なの？」

奈々《なな》という源氏名《げんじな》のホステスが問いかけてきた。

唐突な質問に少し戸惑《とまど》ったが、才賀は話を合わせた。警察官がプライベートで飲み歩くときは、まず身分を伏せる。

「社長の会社は信号機を製造してるんだから、不況の影響は受けなかったんでしょ？」

まどかと名乗ったホステスが吉岡に訊《き》いた。吉岡は、きまり悪そうな顔つきになった。返答に窮《きゅう》している様子だ。

「一般の企業はデフレ不況でだいぶ泣かされたようだが、うちの会社の業績はずっと変わらなかったね」

才賀は助け船を出した。

「やっぱりね。景気がよくても悪くても、古くなって使いものにならなくなった信号機は交換しなけりゃならないわけですものね」

「そうなんだ。それに取引先は民間会社じゃないから、代金を踏み倒される心配もない。うちの会社は、この先も安泰さ。ね、吉岡社長?」

「そう願いたいね」

「社長の会社が関東全域の信号機を設置したり、交換してるんでしょ?」

「うん、まあ」

「なら、安泰ね。新しい道路ができることはあっても、減ることはないだろうし。最近は大企業も倒産してるから、そういう安定性のある会社のほうがいいんじゃない?」

「ベンチャー・ビジネスにも関心があるんだが、あまり商才がないんでね」

「何を言ってるの。社長は遣《や》り手の事業家でしょうが。わたし、ホステスをお払い箱になったら、社長の会社で働かせてもらおうかしら?」

「いいとも。いつでも雇ってやるよ」

「でも、OLじゃ月に二十数万しか貰えないんでしょ？　それじゃ、広尾《ひろお》のマンションの家賃を払ったら、カップ・ヌードルしか食べられなくなりそう。いっそ吉岡社長の愛人にしてもらおうかな？」

「ああ、いいよ。まどかなら、毎月百万の手当を渡してもいいな」

「ちょっと少ない感じね」

「前のパトロンは、いくら出してくれてたんだい？」

　吉岡がたずねた。まどかが少しためらってから、二本の指を立てた。

「二百万か」

「ええ。でも、パパは七十過ぎだったから、ほとんど男性機能が……」

「エレクトさせるのに苦労したわけだ？」

「そうなの。前立腺《ぜんりつせん》をどんなに刺激しても、駄目な月もあったのよ。そういう月は、お手当は半分にされちゃったの」

「けち臭い奴だな」

「そうね。だから、パパが半年前に心不全で亡《な》くなったときは焦《あせ》ったわ」

「どうして？」

「パパが買ってくれたはずのブランド物の服やバッグの代金が未払いだったんで、わたしのとこに請求書が何十枚も回ってきたの」

「総額でいくら払わされたんだ？」

「千三百万以上だったわ。おかげで、貯金はゼロになっちゃったの。だから、新しいパパは吉岡社長みたいに安定した会社のオーナーにしたいと思ってるわけ」

「それじゃ、愛人の資格テストをやるか」

「資格テスト？」

「そう。あそこの具合とベッド・テクニックのチェックをさせてもらわないとね」

「わたし、いつでも資格テストを受けまーす」

「それじゃ、日時を決めないとな」

吉岡が言って、手洗いに立った。少し遅れて、まどかも腰を浮かせた。客のおしぼりを用意するためだろう。

「吉岡社長は、この店にちょくちょく来てるの？」

才賀は、かたわらの奈々に訊いた。

「週に一度ぐらいですね」

「いつもは独《ひと》りで来てるのかな？」

「ええ」

「誰かお目当ての女性がいるんだろうな？」

「まどかちゃんのことは気に入ってるみたいですね。といっても、彼女を口説《くど》きたくて通ってる感じじゃないの。さっきの愛人云々《うんぬん》も、ただの冗談だと思うわ」

「だろうね。支払いは、いつも現金なの？」

「おかしなことを訊くのね。あなた、吉岡社長の弱みでも押さえようとしてるんじゃないの？」

　奈々が警戒する顔つきになった。

「そんなんじゃないんだ」

「わたしから何か探《さぐ》り出そうとしても無駄よ。わたし、吉岡社長の味方なんだから」

「味方？」

「というよりも、好感を持ってるってことかな。この店は一応、高級クラブってことになってるから、態度の大きな客が多いんですよ。たいていはＩＴ成金《なりきん》なんだけど、そういう人たちは酒場勤めの女なんか、金でなんとかなると思ってるようなの」

「札束を見せて、露骨にホテルに誘う奴がいるんだ？」

「そんなのは序の口で、いくらでセックス・ペットになってくれるなんてストレートに交渉してくる男もいるわ。どいつも紳士面《づら》してるけど、俗物そのものね」

「成功者たちは周囲の者にちやほやされてるから、つい思い上がっちまうんだろうな」

「それにしても、思い上がりすぎよ。わたしたちホステスは娼婦じゃないの。お金で自由にできると思ったら、大間違いだわ」

「だいぶ不快な目に遭《あ》ったようだね？」

「ええ、まあ。その点、吉岡社長は立派よ。わたしたちの人格を尊重してくれてるし、厭《いや》味《み》なとこもないわ。でも、ただの堅物なんかじゃないのよね。ちょっとエッチな冗談を言って、座を盛り上げてくれるの」

「吉岡社長はサービス精神が旺盛だからな。会社でも、社員にいろいろ気配りをしてるんだよ」

「そうでしょうね」

会話が途《と》絶《だ》えた。

ちょうどそのとき、吉岡とまどかがテーブルに戻ってきた。才賀たちは、また飲みはじめた。

店を出たのは、午後十時を数分回ったころだった。勘定は八万数千円だった。奈々とまどかに見送られて、バー・ビルを出る。

「おれ、ちょっと寄りたいとこがあるんだ。また、そのうち飲もうや」

吉岡が歩きながら、そう言った。

「きょうはすっかりご馳走《ちそう》になってしまって、申し訳ありません」

「どうってことないさ。地下鉄で帰るか？」

「ええ、そうします。それじゃ、また！」

才賀は片手を挙《あ》げ、脇道に入った。少し間《ま》を取ってから、一ッ木通りに引き返す。

吉岡は両手をスラックスのポケットに突っ込み、青山通り方向に進んでいた。

才賀は細心の注意を払いながら、吉岡を尾《つ》けはじめた。相手は刑事だ。あまり距離を縮めると、尾行を覚《さと》られてしまう。慎重に追尾《ついび》しつづけた。

吉岡はサントリー直営のビア・ホールの前を抜けると、裏通りに足を踏み入れた。

才賀は小走りに追った。もたもたしていたら、対象者を見失ってしまう。足音を殺しながら、裏通りに入る。

吉岡は五、六十メートル先の雑居ビルの前の暗がりに立っていた。

才賀は物陰に身を潜《ひそ》め、吉岡の動きを見守った。

吉岡は路上で一服すると、六階建ての雑居ビルに歩み寄った。馴《な》れた足取りで、地階に通じる階段を降りていった。

才賀は急ぎ足で雑居ビルの前まで進んだ。地階の出入口には、もう吉岡の姿はなかった。出入口には、監視ビデオ・カメラが二台も設置されていた。

（先輩は秘密カジノに入ったらしいな。このあたりは、東門会《とうもんかい》の縄張《シマ》りだ。渋谷署の刑事が内偵中とは考えにくい。おそらく吉岡さんは、東門会から遊興費《ゆうきょうひ》を毟《むし》ってるんだろう）

才賀は雑居ビルの数軒先にたたずみ、しばらく様子をうかがうことにした。

電話をマナー・モードに切り替えた直後、セルラー・テレフォンが身震いした。電話をかけてきたのは、旧知のフリー・ジャーナリストだった。

堀内重人《ほりうちしげと》という名で、五十二歳である。彼は四年半ほど前まで、夕刊紙の事件記者を務《つと》めていた。暴力団絡みの事件を多く手がけ、刑事やマスコミ関係者から〝極道記者〟と呼ばれている。

もちろん、堀内自身はアウトローではない。まっとうな市民だ。

どういうわけか、堀内は社会の底辺で生きている男女に限りなく優しい。

当然のことだが、暴力団関係者に対しても差別意識や偏見《へんけん》は持っていない。たとえ相手が極悪人《ごくあくにん》であっても、ひとりの人間として接している。その姿勢は立派だ。

堀内は取材に対しても、謙虚《けんきょ》だった。

被取材者が少しでも迷いを見せたら、決して強引に取材するようなことはない。また、正義漢ぶって、加害者の身内まで断罪するような真似もしなかった。

そうした温《あたた》かい人柄が全国の親分衆に好《す》かれ、いつしか堀内は極道専門記者になっていた。並の暴力団係刑事よりも、はるかに暗黒社会に精通している。

堀内は停年まで、一記者として現場で活躍する気でいたらしい。

だが、四十八のときに人事異動で管理職にさせられた。すると、堀内は辞表を書き、フリーになった。

現在は一般全国紙、スポーツ紙、夕刊紙、月刊誌、週刊誌などに署名入りの記事を精力的に執筆している。テレビの辛口《からくち》コメンテーターとしても活躍中だ。

「おかけになった電話は現在、使われていません」

才賀はふざけて、そう言った。

「かなり飲んでるようだな。なかなか職場に復帰できないんで、自棄酒《やけざけ》でも喰《く》らってたのかい？」

「ま、そんなとこです。いつかも同じことをお願いしたと思いますが、堀内の旦那、おれを助手にしてくださいよ」

「血迷うなって。そっちには、暴力団係刑事《マルボウ》が一番似合ってるよ。天職なんじゃないの？」

「そうかなあ」

「間違っても、転職なんか考えるなって。それより、きのう、警察庁の戸浦監察官が殺害されたようだな」

「そういえば、きょうの朝刊にその事件のことが載《の》ってましたね。旦那は、監察官と面識があったんですか？」

「二年前に『現代公論』って月刊誌に汚職警官たちのことを書いたんだが、そのときに戸浦氏にデータを提供してもらったんだよ」

「そうだったのか」

「そのころ、極友会《きよくゆうかい》に警察情報を流してた池袋署の刑事が戸浦氏を逆恨《さかうら》みしてたんで、そいつの犯行《ヤマ》かもしれないと思って、捜査当局の動きを知りたいと考えたわけだ。才賀ちゃんは以前、渋谷署にいたんだったよな？」

「ええ。でも、刑事課の強行犯係をやってたわけじゃないから、殺し担当の係員とはつき合いが浅かったんですよ」

「それでも、おれより捜査情報は集められるはずだ。一年五カ月前まで池袋署にいた石丸《いしまる》剛《つよし》って元警部補が被疑者リストに入ってるかどうか探ってくれないか。むろん、それなりの礼はするよ」

「その石丸って男は、なんで極友会の情報提供者になったんです？」

「戸浦氏から聞いた話だと、石丸は極友会の幹部の情婦《おんな》の色仕掛けに引っかかって、手入れの情報を提供させられてたらしい。それが腐れ縁の始まりだったようだ。才賀ちゃんも女好きだから、少し気をつけないとな」

「ご忠告、ありがとうございます。それはそうと、その石丸って奴は戸浦監察官に極友会との黒い関係を暴《あば》かれて、職を失ったんですね？」

「そうなんだ。石丸にしてみれば、自分は罠《わな》に嵌《は》められた被害者なんだという意識を持ってたようだから、同じ警察の人間に摘発されたことが腹立たしかったんだろうな。懲戒免職になってから、何度も戸浦氏の自宅に脅迫電話をかけてたらしいんだ」

「そうですか」

「才賀ちゃん、協力してくれるよな？」

堀内が言った。

「一応、探りを入れてみますよ。しかし、旦那のご希望に添えるかどうか」

「とにかく、頼むよ」

「堀内の旦那は石丸が逮捕《パク》られる前に、犯人の独占インタビューをするつもりなんですね？」

「実は迷ってるんだよ」

「迷ってるって、どういうことなんです？」

「現職刑事にこんなことを言うのはまずいんだが、場合によっては石丸を高飛びさせてやろうかと思ってるんだ」

「旦那、正気なんですか!?」

「ああ。石丸が色仕掛けに引っかかったのは、ま、自業自得だよな？」

「そうですね」

「しかしな、石丸という元警部補はやくざの愛人と一度寝ただけで、仕事と家庭を同時に失ってしまったんだ。摘発された日に、石丸の女房は三歳の息子を連れて、九州の実家に帰ったらしい。官舎には、署名捺印《なついん》済みの離婚届だけが残されてたそうだ。哀《あわ》れな話じゃないか」

「身から出た錆《さび》でしょ？」

才賀はクールに言った。

「そっちの言う通りなんだが、おれは石丸の不器用さについ同情したくなっちゃうんだ。男にとって、酒、女、金は魔物だよ。そういう危ないものには極力《きょくりょく》、近づかないほうがいいに決まってる。頭ではわかってるんだが、人間は生身《なまみ》だ。ましてや相手が色気のある女なら、自制心が利《き》かなくなるだろう」

「それは、よくわかりますよ」

「石丸の過《あやま》ちは、なんとも人間臭いじゃないか。それに元警部補は実刑こそ免《まぬか》れたが、再就職もできなかった。台東区のドヤ街に住みついて、日雇いの土木作業員をしてたらしいんだよ。それでさ、息子の写真を眺めながら、夜ごとカップ酒を呷《あお》ってたというんだ」

「そんなふうに感傷的になると、物事の本質を見失うんじゃないのかな？　確かに石丸って男は不運だったと思いますよ。しかし、罪は罪でしょ？　センチメンタリズムに流されてもいいのかな？」

「才賀ちゃんが言ってることは正論だよ。どこも間違ってはいない。しかし、人間は理性だけじゃ生きられないもんだろうが。時には、感情が支配することもある」

「堀内の旦那の言いたいことはわかりますよ。しかし、それじゃ、殺された戸浦監察官の立場はどうなるんです？　おれも個人的にはスパイじみたことをやってる監察官の仕事は好きになれません」

「そうだよな」

「だからといって、戸浦監察官は卑《いや》しいわけじゃない。自分の正義を信じ、汚れたお巡りたちを取り締まってたはずです」

「それは、そうだろうな。だけどさ、心がけは立派だが、ちょっと惻隠《そくいん》の情《じょう》が足りない気がしないか？」

「そのことは、おれも否定しません。しかし、堀内の旦那が石丸剛を高飛びさせる気でいるんだったら、やっぱり、協力はしたくないな。おれは優秀な刑事じゃないが、警察社会の一員ですからね」

「才賀ちゃん、ありがとう」

「え？」

「そっちに教えられたよ。不運な石丸についつい同情してしまったが、感傷的になりすぎた。もし石丸が監察官殺しの犯人だったら、高飛びに協力したおれも警察に追われるわけだ」

「そうですね」

「取材に協力してくれた戸浦氏の恩を忘れて、仇《あだ》で返すことは人の道から外れてる。石丸の潜伏先がわかったら、自首するよう説得するよ。だからさ、石丸が捜査線上に浮かんでるかどうかだけでも探ってみてくれないか」

「それだけなら、引き受けましょう。それはそうと、石丸のほかに戸浦監察官を逆恨みしてる元警官はいないんですかね？」

「おれが知ってる限りでは、ほかには思い当たらないな」

「そうですか。話は違いますが、東門会直営の秘密カジノが赤坂三丁目のビア・ホールの近くにありましたっけ？」

「いきなり何なんだい？」

「おれの大学時代の友人がビア・ホール近くの秘密カジノに誘い込まれて、ミニ・バカラで二百数十万もカモられたらしいんですよ。そいつの代わりに、ちょっと先方と話《ナシ》をつけてやろうと思ってね」

才賀は、もっともらしく言った。

「赤坂三丁目には、住川《すみかわ》会系の二次団体の秘密カジノがあるだけだったと思うがな。そこは、確か六階建ての雑居ビルの地階一階にあるはずだよ」

「そうですか。探してみます」

「何か情報を摑んだら、すぐ連絡を頼むぜ」

堀内が電話を切った。

才賀はセルラー・テレフォンを懐に戻した。それから間もなく、雑居ビルの地階から誰かが姿を見せた。才賀は暗がりの奥まで後退した。

階段を駆け上がってきたのは、吉岡だった。秘密カジノの責任者から口留《ど》め料を脅し取り、引き揚げるところなのか。

才賀は息を殺した。吉岡は一ッ木通りに向かって歩きだした。

才賀は吉岡の後ろ姿が見えなくなってから、雑居ビルの地階に降りた。シルバー・グレイの扉には、黒文字でCと記《しる》してあった。

そのドアはロックされていなかった。ドアを開けると、二枚目の扉《とびら》があった。監視ビデオ・カメラが作動している。ドアの内錠は掛かっていた。

才賀はインターフォンのボタンを押した。

ややあって、スピーカーから若い男の声が流れてきた。

「会員番号とお名前を確認させてください」

「本庁捜四《そうよん》の者だ」

「えっ」

「手入れじゃないから、騒ぐんじゃない。責任者に会わせろ。ちょっと話を聞いたら、すぐに引き揚げるよ」

才賀は警察手帳を上着の内ポケットから取り出し、ビデオ・カメラのレンズに向けた。

一拍おいて、ドアが開けられた。応対に現われたのは、三十前後の黒服の男だった。

細身で、顔が生白い。ぎょろ目ばかりが目立つ。

「責任者の名は？」

「竹林育夫《たけばやしいくお》です」

「どこにいる？」

「奥の事務室にいます」

「案内してくれ」

才賀は促《うなが》した。黒服の男が歩きはじめた。

通路を四、五メートル進むと、左側にチップ交換所の窓口があった。強化ガラスの向こうに、赤、青、緑のチップが堆《うずたか》く積まれている。無人だった。

黒服の男がアコーディオン・カーテンを横に払った。二台のルーレット台と三台のバカラ・テーブルが置かれていた。

目を血走らせた数十人の男がルーレットやバカラに興《きよう》じていた。

ディーラーは若い女ばかりだ。白いシャツに棒タイを結び、黒いヴェストを重ねている。下は黒色のミニ・スカートで、網《あみ》タイツを穿《は》いていた。

客たちは才賀に目を向けようともしなかった。店長の竹林は、奥の事務室にいた。額の禿《は》げ上がった五十男だった。

「警視庁の方だそうです」

黒服の男は早口で告げると、そそくさと事務室を出た。店長の竹林が椅子から立ち上がり、開口一番に言った。

「わたし、ダミーなんですよ。ある会社をリストラ退職した後、スポーツ新聞の求人広告を見て、雇われ店長になったんです」

「あんたの話は嘘じゃないだろう。どう見ても、やくざには見えないからな。ここは、住川会系の秘密カジノなんだな？」

「わたし、よくわからないんです。売上金をまとめて銀行の夜間金庫に入れるのが主な業務で、オーナーのことはほとんど知らないんですよ。水島真一《みずしましんいち》って方らしいんですが、まだ会ったことがないんです」

「そうか。少し前に、ここに渋谷署の吉岡って刑事が来たはずだ」

「は、はい」

「オーナーが用意した金をおたくが吉岡刑事に渡したのか？」

才賀は相手の顔を見据えた。

「わたし、刑事さんには何も渡してませんよ。第一、オーナーから何も預かってない」

「嘘じゃないな？」

「も、もちろんです！　渋谷署の刑事さんは誰かを捜しに見えたようですよ。ここに来たのは三度目なんです」

「このカジノが法に触《ふ》れるというようなことは？」

「そういうことは一度もおっしゃいませんでした。それから、オーナーのことも訊《き》きませんでした。わたしの言葉をどうか信じてください。この通りです」

竹林が拝《おが》む真似をした。

（吉岡さんは、ここで恐喝《カツアゲ》はしてないな）

才賀は雇われ店長に無言で背を向けた。

4

ポップコーンがなくなった。

才賀は空袋《からぶくろ》を丸めて、ベンチの横にある屑《くず》入れに投げ込んだ。日比谷《ひびや》公園内である。

足許では、十数羽の土鳩《どばと》が競《きそ》い合うように投げ与えた餌《えさ》をついばんでいた。赤坂の秘密カジノを覗いた翌日の午後四時過ぎだ。

（吉岡さんは、いったい誰を追ってたんだろうか）

才賀は土鳩を見ながら、考えはじめた。

吉岡刑事は自分の不正を戸浦監察官にリークした人物を捜し回っていたのだろうか。そして、何か仕返しするつもりだったのか。

密告者がいたとすれば、暴力団関係者だと思われる。素《す》っ堅気《かたぎ》が秘密カジノに出入りしているとは考えにくい。

（待てよ。渋谷署の同僚が監察官にご注進《ちゅうしん》に及んだとも考えられるな）

才賀はそう推測したとたん、厭《いや》な気分になった。

警察官が犯罪を憎むのは当然だ。しかし、職場の同僚の不正を警察庁の監察官にこっそり教えるのは卑怯《ひきょう》な気がする。同輩の悪事に目をつぶれなかったら、当の本人が堂々と糾弾《きゅうだん》すべきだったのではないか。告げ口はフェアとは言えない。

土鳩が一斉《いっせい》に舞い上がった。

羽音が重なった。才賀はベンチに腰かけたまま、頭を小さく巡《めぐ》らせた。

噴水池の方から、彦根刑事部長がゆっくりと歩いてくる。

警察は階級社会だ。本来なら、職階の低い才賀はすぐさまベンチから立ち上がって、彦根に敬意を払わなければならない。

だが、才賀はわざと腰を浮かせなかった。部外者に彦根とのつながりを覚《さと》られるのは、何かとまずい。ポーカー・フェイスで刑事部長を待つ。

ほどなく彦根がベンチにさりげなく坐った。

「わざわざ申し訳ありません」

才賀は空を見上げながら、低く言った。

「なあに。渋谷署で確認したんだが、吉岡刑事は振り込め詐欺《さぎ》集団を内偵中らしい。捜査対象のデータの入った封筒は、後で渡そう」

「わかりました」

「それからね、秘密カジノ『C』の真のオーナーが水島真一なる人物だと電話で言ってたが、住川会にはそういう男はいなかったよ。四次団体の名簿まで目を通してみたんだがね」

「それなら、幹部の誰かが水島真一という偽名を使ってるんでしょう」

「ああ、おそらくね。吉岡喬が『C』から口留《ど》め料を脅し取ってないんだったら、振り込め詐欺集団から小遣いをせびってるのかもしれないな」

「ええ、そうですね」

「吉岡刑事は、なぜ赤坂の秘密カジノに三度も顔を出したんだろうか」

「密告者捜しをしてたんじゃないのかな？」

「もう少し具体的に話してみてくれ」

彦根が噴水に目を当てながら、小声で促《うなが》した。才賀は、さきほど推測したことを手短に語った。

「どこかの組員が吉岡刑事の不正を知って、戸浦監察官に密告したのかもしれないというんだね？」

「ええ、まあ。そうだとしたら、その密告者は吉岡先輩を個人的に恨んでたんでしょうね。それから、渋谷署の同僚刑事が吉岡さんを売ったとも考えられると思うんですよ」

「そうだね。若い熱血刑事は清濁《せいだく》を併《あわ》せ呑《の》むことがない。まるで裁判官のように潔癖《けっぺき》だからね」

「そうした正義を青臭いと嘲笑する気はありませんが、告げ口はスマートじゃないでしょ？」

「告発したい相手がずっと年上だったり、職階が上だったりしたら、面《めん》と向かって不正を糺《ただ》すなんてことはできないだろう」

「それはそうでしょうが、密告はなんとなくアンフェアだと思うな」

「きみが何かと世話になった吉岡刑事をかばいたくなる気持ちはわからないではないが、捜査に私情は挟むなよ」

「わかってます」

「まだ確証はないが、吉岡刑事の金回りが急によくなったことを考えると、汚職の疑いは拭《ぬぐ》えないな」

「そうですね。ところで、渋谷署に設けられた特捜本部は監察官殺しの犯人の絞り込みをどの程度……」

「まだ捜査線上には被疑者はひとりも浮かび上がってないそうだが、吉岡刑事のアリバイは成立したらしい」

「シロだったんですね、先輩は」

「実行犯でないことは間違いないようだ。しかし、吉岡が第三者を使って、戸浦監察官を始末させた可能性はある」

「そうですが、先輩はそこまではやらないと思います」

「才賀君、さっき私情を挟むなと忠告したはずだぞ」

「しかし……」

「きみもわかってるだろうが、多くの犯罪は魔がさしたときに起きてる。凶悪な事件を引き起こした犯人だって、骨の髄《ずい》まで冷血漢ってわけじゃない。運命が悪い方向に転がりはじめたから、冷静な判断ができなくなったというケースが多いんだ」

「ええ、そうですね」

「警察官だって、ごく平凡な人間なんだ。自分が犯罪者として摘発されたら、それまでに築き上げたものを失うことになってしまう。仕事、家庭、友人をいっぺんに失うと思ったら、パニック状態に陥《おちい》るんじゃないか?」

「でしょうね」

「吉岡刑事だって、自分の悪事が表沙汰になると知れば、冷静には構えていられないはずだよ」

「そうでしょうね」

「わたしは吉岡刑事が第三者に戸浦監察官を殺《や》らせたと疑ってるわけじゃないんだ。その可能性を全面的に否定することはできないと言いたいだけさ」

彦根は焦《じ》れったそうだった。

「よくわかりました。吉岡先輩から目を離すようなことはしません。先輩のほかにも、疑わしい人物がいるんです」

「それは誰なんだね？」

「一年五ヵ月前まで池袋署にいた石丸剛という元警部補です」

才賀は、堀内から訊いた話をつぶさに伝えた。

「そういうことなら、その石丸という元警官が戸浦氏を逆恨みしてた可能性はあるね」

「刑事部長、石丸の居所を探っていただけないでしょうか」

「わかった。別働隊のメンバーに少し動いてもらおう。その話の情報源《ネタモト》は？」

「例の極道記者です」

「それなら、偽情報《ガセネタ》ではないだろう。この中に、吉岡刑事が内偵してる振り込め詐欺集団に関するデータが入ってる」

彦根が上着の内ポケットから、給料袋大の茶封筒を取り出した。二人の間に茶封筒を置き、おもむろに立ち上がった。

才賀は彦根の姿が見えなくなってから、茶封筒の封を切った。脚《あし》を組んで、捜査資料に目を通しはじめる。

Jグループと呼ばれている振り込め詐欺集団は八つのグループで構成され、買い取った他人名義の銀行口座、携帯電話、各種の名簿を悪用し、この一年間に架空請求詐欺で五億数千万円も荒稼ぎしていた。

闇社会では、犯罪のツールはたいてい手に入る。他人名義の口座、キャッシュカード、健康保険証、運転免許証、携帯電話、住民票、卒業名簿、多重債務者リストなど枚挙《まいきょ》にいとまがない。金に困った者は後ろめたさを感じつつも、売れるものはなんでも処分してしまう。

振り込め詐欺に必要な三種の神器の口座、携帯電話、名簿はいとも簡単に入手可能だ。闇金融業者や全国の暴力団が数年前から旨味《うまみ》のある振り込め詐欺に励んでいる。

Jグループの表向きのリーダーは、風俗店の店長になっているようだ。宇田川町《うだがわちょう》にある『エンジェル』という店の責任者の宮野竜次《みやのりゅうじ》だ。二十九歳らしい。

才賀は捜査資料を茶封筒の中に収め、それを上着のポケットに突っ込んだ。ベンチから立ち上がり、公園を出る。

日比谷の地下大駐車場まで歩き、フォードのエクスプローラーに乗り込んだ。特別仕様の覆面パトカーである。

警察無線は、パネルですっぽりと覆《おお》い隠されていた。車内を覗き込んだだけでは、警察車とは誰も気づかないはずだ。

才賀はあたりに人影がないことを確認してから、グローブ・ボックスを開けた。ウエスの向こうに、グロック26が見える。

オーストリア製の自動拳銃だ。よく知られたグロック17を切り詰めたコンパクト・ピストルで、全長は十六センチしかない。マガジン・クリップは十発入りと十二発入りの二種がある。

才賀は十二発入りのマガジン・クリップを使っていた。予《あらかじ》め初弾を薬室《やくしつ》に送り込んでおけば、フル装弾数は十三発になる。ライフリングは六条で、右回りだった。

彦根刑事部長が超法規捜査用に用意してくれた拳銃だ。全体に小造りで、銃把《グリップ》は握りやすい。

（こいつが盗まれたら、面倒なことになるからな）

才賀はグローブ・ボックスの蓋《ふた》を閉め、車のエンジンを始動させた。

地下大駐車場を出て、虎ノ門回りで渋谷に向かう。ラッシュ・アワーには少し間があるからか、車の流れはスムーズだった。

二十数分で、渋谷に着いた。

才賀はエクスプローラーを宇田川町の有料立体駐車場に預け、『エンジェル』を探しはじめた。

そのファッション・ヘルスは、古ぼけた雑居ビルの三階にあった。ヘルス嬢たちの姿は、まだ見当たらない。

茶髪の二十一、二の男がフロアの掃除をしていた。

「店長の宮野は？」

「おたくさんは？」

「警察だ」

「ここは、本番なんかさせてないですよ」

「それじゃ、おれの質問に答えてないだろうが！」

「すみません。店長は奥の事務室で、前夜の売上の計算をしてます」

「ありがとよ」

才賀は個室の並んだ通路を進み、突き当たりの事務室のドアを勝手に開けた。事務机に向かっていた三十歳前後の小太りの男が顔をしかめた。

「ノックぐらいしてくれよ。あんた、誰なの？」

「本庁捜四の者だ。おまえ、宮野竜次だな？」

「なんでおれの名前を知ってんの⁉」

「警察は、おまえが振り込め詐欺集団Jグループのリーダーだってことをもう知ってるんだ。逃げ隠れしないほうが得だぜ」

「ちょっと待ってくれよ。Jグループなんて知らねえな。誰かと間違えてるんじゃねえの?」

「粘《ねば》る気か。そうはさせない」

才賀はスチール・デスクに走り寄り、宮野の頭を鷲摑《わしづか》みにした。そのまま彼は、宮野の額を机上の電卓に叩きつけた。一度ではない。三度だった。

叩きつけるたびに、小太りの店長は女のような悲鳴を洩らした。

「五億数千万円を詐取《さしゅ》したJグループのリーダーにしては、ちょっとだらしがねえな。八つのグループにそれぞれカラオケやウィークリー・マンションから電話やメールで架空請求させて、大勢の男女から銭《ぜに》を振り込ませてたんだろ?」

「警察《マッポ》がこんなことをやってもいいのかよっ」

「気に喰《く》わないんだったら、被害届を出せや」

「くそっ」

「オレオレ詐欺では三、四人が被害者の息子、警官、病院関係者に化けて、もっともらしい嘘をついてたんだなっ」

「おれは何も知らねえよ。知り合いに頼まれて、Jグループを取り仕切ってる振りをしただけなんだ。それで、その人の代わりにグループ長を貸会議室に集めて、教えられた詐欺の方法を伝えただけだよ」

「そいつはヤー公なんだな？」

「ああ。でも、名前は教えられない。そんなことしたら、おれ、生きたままコンクリートで固められちゃうよ」

「口を割る気がないんだったら、おまえを殺人未遂の現行犯で緊急逮捕する」

「殺人未遂だって!?」

「そうだ。おまえは隠し持ってた刃物《ヤッパ》でおれを刺そうとした。その気になれば、こっちはどんな濡《ぬ》れ衣《ぎぬ》も着せられるんだ」

「汚《きたね》えよ、そんなの」

「待ってろ。いま、パトカーを呼んでやる」

「やめてくれ。待ってくれよ」

「Jグループの親玉は誰なんだ？」

「おれの名を伏せてくれるんだったら、教えてやってもいいよ」

「いいだろう。真のリーダーの名は？」

「関東桜仁会《おうじんかい》坪井組の代貸《だいがし》をやってる曽根《そね》倫広《ともひろ》さんだよ」

「いい子だ」

才賀は手を放した。宮野が顔を上げた。額が数センチ裂《さ》け、鮮血が噴《ふ》いていた。

坪井組は渋谷一帯に睨《にら》みを利《き》かせている博徒系の暴力団だ。とうの昔にテラ銭だけでは凌《しの》げなくなって、管理売春、麻薬密売、闇金融などの裏ビジネスで組を支えている。組員は百数十人だったか。

「曽根さんの話だと、去年から上納金が倍になったらしいんだ。それで、元手がほとんどかからない振り込め詐欺をやることになったんだろうね。けどさ、自分が表に出るわけにはいかないから、おれをJグループの代表者に仕立てたんだよ」

「謝礼は、いくら貰ってたんだ？」

「月にたったの二十万だよ。それで手入れがあったときは、ひとりで罪を引っ被《かぶ》れって言われてたんだ。割に合わないよね？」

「だったら、断ればよかっただろうが」

「そんなことできないよ。相手はこの店のオーナーだし、坪井組のナンバー・ツウなんだぜ」

「ここに渋谷署生活安全課の吉岡って刑事が来たことは？」

「一度もないよ」

「そうか。曽根の家《ヤサ》を教えろ」

「もう勘弁してくださいよ」

「両手を出せ。手錠《ワッパ》打ってやる」

「まいったな。言います、教えますよ。曽根さんは桜丘《さくらがおか》町の大和田《おおわだ》小学校の裏手にあるマンションに住んでるんだ。自宅は三軒茶屋《さんげんぢゃや》にあるって話だけど、何年も前から愛人《レコ》とそこで暮らしてるんですよ」

「マンションの名は？」

「協栄《きょうえい》レジデンスだったと思う。部屋は六〇一号室ですよ。曽根さんは四十七、八だけど、同棲してる女は二十五、六です。巨乳の元AV女優なんだ。未穂《みほ》って名ですよ」

「そうかい。曽根に妙な電話をかけたら、おまえを留置場《ブタバコ》にぶち込むぞ」

「わかってますよ。おれは今夜中に東京を離れます。おれが口を割ったことは、いずれバレちゃうんでしょうからね」

「賢《かしこ》い選択だな」

才賀は言って、事務室を出た。『エンジェル』から有料立体駐車場に回り、桜丘町に向かう。

道玄坂《どうげんざか》二丁目と一丁目をたどって、玉川通りを横切った。目的のマンションは造作なく見つかった。南欧風の洒落《しゃれ》た建物で、九階建てだった。

才賀は覆面パトカーを協栄レジデンスの数十メートル先に停め、グローブ・ボックスの中からグロック26を掴み出した。用心のためだ。

拳銃をベルトの下に差し込み、曽根が愛人と暮らしているというマンションの前まで戻る。出入口はオート・ロック・システムではなかった。管理人室も見当たらない。

才賀は居住者のような顔をして、エントランス・ロビーに入った。人の姿はない。エレベーターで、六階に上がる。

（曽根が部屋に護身用の拳銃を置いているかもしれないな）

才賀は六〇一号室の前で、万能鍵を取り出した。それを使って、ドア・ロックを解《と》く。

玄関に忍び込むと、奥から女のなまめかしい呻《うめ》き声が響いてきた。曽根は若い愛人の柔肌を貪《むさぼ》っているのか。耳を澄ますと、かすかなモーター音も聞こえた。

（坪井組の代貸はバイブレーターを使ってるようだな）

才賀は土足で玄関ホールを進んだ。

短い廊下の向こうは居間で、両側に居室がある。間取りは2LDKだった。

リビングの右手の洋室のドアは少し開いていた。モーター音と女の喘《あえ》ぎは、そこから洩《も》れてくる。

才賀は抜き足で、洋室に近づいた。ドアの隙間《すきま》から、室内を覗き込む。

ダブル・ベッドの上に全裸の女が俯《うつぶ》せになっていた。元AV女優だろう。

ベッドの際《きわ》に両膝を落としているのは、四十代後半の角刈りの男だった。男が握っているのは、タトゥ・マシンだ。ジャージ姿だった。

よく見ると、女の片方の尻《しり》には花の刺青《いれずみ》が施《ほどこ》されていた。まだ彩色中だった。

才賀はグロック26を握るなり、寝室のドアを足で押し開けた。

角刈りの男が目を剝《む》いた。裸の女も半身を起こした。弾みで、大きな乳房がゆさゆさと揺れた。

「誰なんだっ、てめえは！　どこの組の者なんでえ？」

「おれは筋者じゃない。あんた、坪井組の代貸の曽根だな？」

「そうだが、それがどうだってんだっ」

「大声を出すな」

才賀はグロック26のスライドを滑らせ、初弾を薬室に送り込んだ。

「て、てめえ、おれの命《タマ》奪《と》りに来やがったんだな」

「いやーっ、あたしは殺さないで」

女がベッドを滑り降り、床にうずくまった。

「騒ぎ立てなきゃ、二人に危害は加えない」

「用件を言えよ、早く」

「あんたがJグループの黒幕なんだなっ」

「なんだよ、Jグループって？」

「空とぼける気か。それじゃ、こっちも紳士的には振る舞えないぜ」

才賀は曽根に接近し、銃把《グリップ》の底で頭頂部を強打した。骨が鈍く鳴った。

曽根が唸《うな》りながら、横倒れに転がった。才賀は片膝を落とし、グロック26の銃口を曽根のこめかみに密着させた。曽根の眼球が恐怖で盛り上がった。

「一度死んでみるかい？」

「………」

「裸の女は元AV女優なんだってな？」

「未穂のことを誰から聞いたんでえ？」

「さあ、誰だったかな。どうせなら元AV女優を姦《や》りながら、あんたに一発ずつ九ミリ弾を撃ち込んでいくか」

「おれは堅気《ネス》じゃねえんだ。そんな威《おど》しにビビるかよ！」

「甘いな、あんたは」

才賀は曽根に言って、大声で裸の女を呼んだ。未穂がベッドを回り込んできた。恥毛は、逆三角に小さく剃《そ》り込まれていた。

「しゃぶってくれ」

「そ、そんなことできないわ」

「なら、そっちを先に撃つことになるな」

「本気なの⁉」

「ああ」

才賀は短く応じた。未穂が観念し、才賀のスラックスのジッパーに手を掛けた。

そのとき、曽根が早口で叫んだ。

「情婦《おんな》におかしなことはさせないでくれ。そっちが言った通りだよ。Jグループを動かしてるのは、このおれだ」

「振り込め詐欺で五億数千万も荒稼ぎしたよなっ。それも認めるな？」

「ああ。けど、二億は本部に上納したから、おれの懐《ふところ》に入ったのは経費を差っ引いて二億ちょっとだよ」

「上納金や経費のほかにも、出費があったんじゃないのか？」

「え？　どういうことなんでえ？」

「渋谷署の吉岡刑事に鼻薬を嗅がせてたんじゃないのかい？」

「吉岡のことは知ってるが、あの旦那がJグループのことを調べてたのか⁉」

「そういう気配はうかがえなかったのか？」

「全然、気づかなかったよ」

「それじゃ、吉岡刑事に口留め料を渡したことは一度もないんだな？」

「ねえよ。あの旦那は銭なんかじゃ、抱き込めねえ御仁さ」

「そうだよな」

才賀は同調して、立ち上がった。未穂が素早くベッドの向こう側に逃げ込んだ。

「そっちが何者か知らねえけど、Jグループのことを黙っててくれるんだったら、それなりの口留め料は払うよ。いくら欲しいのか言ってくれ」

曽根が言いながら、上体を起こした。

「おれは刑事だ」

「嘘だろ⁉」

「いずれJグループはぶっ潰《つぶ》してやる。逮捕《パク》られるまで、愛人とやりまくるんだな」

才賀は言い捨て、寝室を走り出た。玄関ホールに向かいながら、オーストリア製の拳銃をベルトの下に差し込む。

協栄レジデンスを出ると、物陰から吉岡が現われた。

才賀はあまりの驚きで、とっさに言葉も出なかった。

「なんで、そっちがこんな所にいるんだ？」

吉岡が訝《いぶか》しそうに問いかけてきた。

「このマンションに、学生時代の友人が住んでるんですよ。吉岡さんは、張り込み中だったみたいですね？」

「そうなんだ。六〇一号室に住んでるヤー公がJグループという振り込め詐欺集団の黒幕と思われるんだが、まだ物証を押さえてないんだよ」

「そうなんですか。そういうことなら、あまり長く立ち話はできませんね。また、そのうち飲みましょう」

才賀は一方的に言って、吉岡から遠ざかりはじめた。

第二章　元刑事たちの影

1

覆面パトカーを停《と》めた。

協栄レジデンスから五、六十メートル離れた脇道だった。才賀は紫煙《しえん》をくゆらせはじめた。

曽根は、吉岡にJグループの件で強請《ゆす》られたことはないと言い切った。嘘をついているようには見えなかった。しかし、相手は海千山千《うみせんやません》の筋者だ。その気になれば、ポーカー・フェイスで嘘もつけるだろう。

吉岡刑事の話は信じてもいいのか。仮に彼が曽根から口留め料を脅し取っていたとしたら、わざわざ協栄レジデンスに貼りつく必要はないはずだ。

曽根の塒《ねぐら》を張り込んでいたのは、振り込め詐欺の物的証拠を押さえたいからだろう。吉岡は曽根が口座屋か名簿屋と接触したら、任意同行を求めるつもりなのかもしれない。

命の恩人の話は事実だろう。謎は依然として残る。急に吉岡の羽振りがよくなった理由がわからない。恩人が汚職警官とは思いたくない。きっと何かの間違いなのだろう。少しでも疑った自分を嫌悪したくなる。だが、吉岡の変わりようが気になって、仕方がない。

親の遺産で、懐が温かくなったとは思えない。それ以前に、年金暮らしをしている両親が亡くなったという話は聞いていなかった。吉岡の妻の実家も、経済的にはそれほど豊かではないはずだ。

吉岡は酒好きだが、競馬や競輪にはまったく興味を示さない。それなのに、どうして急にリッチになったのか。所帯持ちの刑事が俸給だけで生計を立てているとすれば、夫の小遣いは昼食代や煙草代を含めて十万円そこそこだろう。

高級腕時計は賞与で買ったとしても、赤坂のクラブには通えないはずだ。そう考えると、やはり吉岡は非合法な手段で遊興費を捻出《ねんしゅつ》しているのかもしれない。

坪井組の組長は当然、Jグループのことは知っているだろう。吉岡は坪井組長から口留め料をせしめているのか。あるいは、関東桜仁会本部から上納金の一部を吐き出させているのだろうか。

どちらかだったとすれば、死んだ戸浦監察官は吉岡の悪行《あくぎよう》に気づいたにちがいない。

摘発を恐れた吉岡が第三者に戸浦の抹殺《まっさつ》を依頼したのか。

数十万円の報酬で殺人を請け負う不法残留の外国人マフィアは何人もいる。絶縁状を回された元組員たちの数は一万人近い。彼らは生きるために、凶暴な一匹狼と化している。まとまった金が得られるなら、人殺しも厭《いと》わないだろう。

（きっと吉岡さんには何か事情があるにちがいない。あるいは、おれが先入観にとらわれてるんだろう。とにかく、恩人を信じよう）

才賀は短くなった煙草の火を消し、携帯電話をマナー・モードに切り替えた。それから彼はエクスプローラーから降り、表通りに向かった。

民家の塀《へい》にへばりついて、協栄レジデンスの前をうかがう。吉岡は、駐車中のＲＶ車の背後に隠れていた。やはり、マークした曽根が動きだすのを待つ気らしい。

五分ほど経《た》ったころ、彦根刑事部長から連絡があった。

「別働隊が石丸剛の居所を突きとめてくれたよ」

「場所は？」

「横浜の伊勢佐木町《いせざきちよう》だ。『磯繁《いそしげ》』という居酒屋で板前見習いをしてるそうだ」

「正確な住所を教えてください」

才賀は言った。彦根が居酒屋の所番地を告げた。才賀は、それを頭に刻みつけた。

「店で借り受けてるアパートで暮らしてるようだが、住まいの番地は把握《はあく》してない。しかし、アパートは店の近くにあるそうだ」

「そうですか」

「才賀君、吉岡刑事の動きはどうかね？」

「現在、Jグループの黒幕の曽根の住まいを張り込み中です」

「ということは、吉岡は振り込め詐欺集団から口留め料を脅し取ってないわけか」

「そう思いたいとこですが、まだシロと断定はできませんね」

「仮に吉岡刑事がJグループの犯罪に目をつぶってたとしたら、わざわざ代貸の曽根に貼りつく必要はないわけだろう？」

「ええ、そうですね。吉岡先輩はJグループの犯罪事実を押さえようとしてるんじゃないのかな？」

「そうなんだろうか」

「張り込んでる理由は、もう一つ考えられます」

「それは、どんなことなんだね？」

「吉岡先輩は秘密カジノからもJグループからも金は一円も脅し取ってなかった。純粋に捜査活動に励んでたんだが、急に金回りがよくなったことで戸浦監察官に汚職の疑いを持たれてしまった。それで、自ら身の潔白を証明する気になったのかもしれません」

「突然、羽振りがよくなった事実はどう解釈すればいいんだね？」

「その説明がまだつかないんですが、秘密カジノの雇われ店長、Jグループのダミー代表者、それからグループの黒幕の曽根も吉岡先輩に金をせびられたことはないと言ってます」

「吉岡刑事が坪井組の組長から、お目こぼし料を受け取ってたとは考えられないだろうか」

彦根が呟くように言った。

才賀は内心、ぎくりとした。その可能性は完全には否定できなかったが、言葉では逆のことを口走った。

「そういうことはないと思います」

「その根拠は？」

「吉岡先輩が恐喝を働いてるという証言は一つも出てきてません」

「きみは戸浦監察官が早合点して、吉岡喬をマークしつづけたと思ってるわけだ？」

「確証はありませんが、そう考えてます」

「きみが吉岡をかばいたい気持ちは理解できるが、まだ結論を出すには早すぎるね。吉岡が誰かから口留め料を貰ってた可能性はゼロとは言い切れないし、第三者に目障《めざわ》りな戸浦監察官を始末させたとも考えられるわけだし」

「しかし……」

「吉岡刑事の身の潔白が明らかになるまでは一応、捜査対象として見たほうがいいね。それから、もうひとりの被疑者の石丸剛の動きもマークしてくれ」

彦根がそう言って、通話を打ち切った。

才賀は終了キーを押してから、堀内の携帯電話を鳴らした。

「おう、才賀ちゃんか。石丸剛の居所がわかったんだな？」

「横浜にいるという情報をキャッチしたんですが、正確な居所はまだわからないんですよ」

「そうなのか」

堀内の声が沈んだ。

「石丸の居所は近いうちにわかると思います。それよりも、堀内の旦那にちょっと手伝ってほしいことがあるんだ」

「何を手伝えばいいんだい？」

「旦那は渋谷署の吉岡刑事とは何度か会ってるでしょ？」

「二、三回会ってるよ。吉岡氏がどうかしたのか？」

「詳しいことを教えられないんですが、吉岡さんは暴力団関係者に命を狙われてるようなんですよ」

才賀は作り話を澱《よど》みなく喋《しゃべ》った。

「ほんとかい？」

「ええ。吉岡さんは現在、渋谷区桜丘町にある協栄レジデンスを張り込み中なんです。そのマンションに組関係者が住んでるんですよ」

「場所から察して、そのやくざ者は関東桜仁会坪井組の者だな。そうなんだろ？」

「さすがは極道記者ですね。ええ、その通りです。吉岡さんがマークしてるのは、坪井組の代貸なんです」

「曽根なら、面《つら》を知ってる。吉岡氏は曽根の何か犯行《ヤマ》をほじくり出したんで、坪井組の連中に命を狙われてるわけか」

「そのあたりのことは詳しく喋れないんですよ。とにかく、おれの代わりに吉岡さんに貼りついて、動きを探ってもらいたいんです」

「才賀ちゃん、休職中なんだろ？　それなのに、なぜ捜査をしてるんだい？　ひょっとしたら、極秘任務でも……」

「そんなんじゃありませんよ。吉岡さんには渋谷署時代に命を救ってもらったから、個人的に動いてるんです」

「その話、ほんとなのかい？」

「もちろんですよ。おれ自身が吉岡さんに貼りつければいいんだけど、これからどうしても人に会わなきゃならないんです。それで、堀内の旦那に代役を引き受けてほしいと思って、電話したわけです」

「わかった。協力しよう。すぐに車で桜丘町に向かうよ。で、才賀ちゃんはどのあたりにいるんだい？」

堀内が問いかけてきた。才賀は質問に簡潔に答え、セルラー・テレフォンを懐に戻した。

視線を長く伸ばす。

吉岡は同じ場所で張り込んでいた。堀内のカローラが脇道に入ってきたのは、およそ二十分後だった。いつの間にか、夕闇が迫っていた。

才賀は片手を軽く掲《かか》げ、白っぽい大衆車に歩み寄った。堀内が運転席側のパワー・ウインドーを下げた。

「吉岡氏は、まだ張り込み中なんだろ？」

「ええ。協栄レジデンスのそばに駐《と》められてるRV車の後ろにいます」

「オーケー。選手交代だ。何か動きがあったら、才賀ちゃんに連絡するよ」

「お願いします。それじゃ、おれは……」

才賀はフォード・エクスプローラーに駆け寄り、慌《あわ》ただしく発進させた。

玉川《たまがわ》通りに出て、第三京浜《けいひん》道路をたどり、横浜市内に入る。『磯繁』は伊勢佐木町の目抜き通りの中ほどにあった。

才賀は覆面パトカーを裏通りに駐《と》め、石丸が働いている居酒屋に入った。

間口《まぐち》はさほど広くなかったが、奥行きがある。右側にカウンター席があり、通路の左側に七、八卓並んでいた。

ほぼ満席だった。サラリーマンとOLが多いようだ。

「おひとりさまの場合は、カウンターにご案内させていただいてるんですよ。それで、よろしいかしら？」

女将《おかみ》と思われる和服の女が声をかけてきた。五十代の半《なか》ばだろう。色白で、福々《ふくぶく》しい顔をしている。

「警視庁の者です。こちらで、元警官の石丸剛が働いてますね？」

「ええ。石丸さん、何かまずいことでもしたんですか？　彼、うちではよく働いてくれてるんですけどね」

「どこにいるんです？」

才賀はカウンターの向こうの調理場に目を向けた。白衣をまとった四人の男が忙しそうに立ち働いていた。

「シンクに向かって、洗いものをしてるのが石丸さんよ」

「お客さんに気づかれないよう、そっと彼を呼んでもらえますか？」

「わかりました。石丸さんを逮捕しに来たんですか？」

「いいえ、違います。ある事件のことで、ちょっと事情聴取させてもらうだけですよ」

「そうなの。いま、呼びますね」

相手が表情を和《やわ》らげ、カウンターを大きく回り込んだ。石丸の名を呼ぶ。

流し台に立った三十代の男が、着物の女に何か問いかけた。女が話し終えない前に、眉の太い男は調理場のごみ出し口から表に飛び出した。

（逃げる気だな）

才賀は『磯繁』を走り出て、店の横の路地に駆け込んだ。石丸と思われる男は下駄の音を高く響かせながら、懸命に疾駆《しっく》している。

しかし、彼は二つ目の辻《つじ》の手前で前のめりに倒れた。下駄が脱げかけ、体のバランスを崩してしまったようだ。

才賀は、じきに男に追いついた。眉の濃い男を摑み起こす。

「一年五ヵ月前まで池袋署にいた石丸剛だな？」

「黙秘権を行使する」

「悪あがきはよせ。石丸だな？」

「そうだよ」

「なぜ逃げた？　おまえが戸浦監察官の後頭部にゴム弾を浴びせてから、宮益坂上歩道橋の階段から突き落としたのか？」

「おれじゃない。おれは戸浦を殺《や》っちゃいないよ」

「それは事実なのか？」

「ああ。戸浦のおかげで、おれは懲戒免職になった。そのことで頭にきたんで、奴の自宅に脅迫電話をかけたことはあるよ。それは認める。しかし、絶対に戸浦は殺してない。嘘じゃないよ。おれを信じてくれ」

「事件当日はどこで何をしてた？　夕方五時から六時半までのアリバイはあるのか？」

「店で働いてたよ。女将さんや三人の板《いた》さんに確かめてもらってもいい。本庁の刑事が来たと聞いて、おれは脅迫電話の件で検挙されるんじゃないかと思ったんだ」

「だから、逃げだしたのか？」

「そうだよ。極友会とのつながりの件で摘発されてるから、今度は実刑を喰《く》らうことになるかもしれないと考えたんだ」

「そうか。そっちが直《じか》に手を汚さなくても、戸浦監察官を葬《ほうむ》ることはできる」

「おれが殺し屋《プロ》を使ったと疑ってるのか!?　そんな金はないよ。免職になってからはドヤ暮らしをしながら、日雇いの仕事で喰いつないでたんだ。仕事にアブれる日もあったから、とても貯金なんかできなかったよ」

「そうかもしれないな。『磯繁』で働けるようになったのは？」

「ドヤ街でボランティア活動してる牧師さんが女将さんを紹介してくれたんだよ、先々月ね」

「魔がさしたんだな」

「え？」

「刑事だった男がヤー公の仕組んだ罠に引っかかるなんてさ。色仕掛けで迫った情婦《いろ》は、そんなにいい女だったのか？」

「そこまで知ってるのか。癪《しゃく》な話だが、最高にいい女だったよ。情《じょう》が濃《こま》やかだったし、床《とこ》上手《じょうず》でもあったんだ。三十過ぎてから抜かずにダブルが利いたのは、あの女だけだよ」

「よっぽどの名器だったんだろうな」

「掛け値なしのみみず千匹だったよ。けど、払った代償はでかかったね。女房には三行《みくだり》半《はん》を突きつけられるし、まともな再就職先も見つからなかった」

「自業自得だな。しかし、おれも女は嫌いじゃないから、ちょっぴり同情はしてるよ」

「別に同情なんてしてくれなくてもいいさ。それより、戸浦に脅迫電話をかけたことでおれに手錠《ワッパ》掛ける気なのか？」

石丸が不安顔になった。

「おれは戸浦監察官殺しの真犯人《ホンボシ》を追ってるんだ。そっちの事件当日のアリバイがあったら、すぐに引き揚げてやる」

「ほんとだな？」

「ああ。一緒に店に戻るんだ」

才賀は石丸の片腕を掴み、『磯繁』まで引っ張っていった。

店内に入り、女将と三人の板前を別々に呼んで、石丸のアリバイの有無《うむ》を確認した。四人の証言は完璧に符合した。

「生きてりゃ、そのうちいいこともあるさ」

才賀は石丸に言って、居酒屋を出た。

堀内から電話がかかってきたのは、覆面パトカーに乗り込んだときだった。

「才賀ちゃん、面目《めんもく》ねえ」

「張り込み中の吉岡さんに勘づかれちゃったんですね？」

「張り込み中じゃなく、尾行中にな。六時過ぎに協栄レジデンスから曽根が出てきて、吉岡刑事の尾行が開始されたんだ。で、おれはカローラを路上に置いて、二人の後を追ったんだよ」

「それで？」

「曽根はデパートで何点か洋品を買ってからセンター街を抜けて、宇田川町の組事務所に向かったんだ。万葉《まんよう》会館の手前まで曽根を尾《つ》けてる吉岡氏の姿を確認できたんだが、そのすぐあと見失ってしまった。多分、吉岡氏はおれに気がついたんだろう」

「そうでしょうね」

「曽根は坪井組の事務所に入った。少し経《た》ったら、吉岡氏が組事務所を張り込むかもしれないと睨んでたんだが、いま現在、現われてない。ドジだよな、おれもさ」

「仕方ないですよ。堀内の旦那はフリーのジャーナリストなんだから、尾行や張り込みのプロじゃないわけだし」

「それにしてもな……」

「気にしないでくださいよ。今夜は、もう吉岡さんは組事務所の周辺には姿を見せないでしょう。旦那、もう引き揚げてください」

「いいのか？」

「ええ。そうだ、報告しておかないとな。堀内の旦那を出し抜く形になっちゃったが、おれ、少し前に石丸剛に会ってきたんですよ」

「横浜にいるらしいけど、正確な居所はわからないと言ってたはずだ。あれは、嘘だったのか？」

「そうなんですよ。すみません。おれ、どうしても旦那よりも先に石丸がクロかシロか知りたかったんです。休職中の身ですが、こっちは刑事ですからね。意地でもフリー記者には先を越されたくなかったんですよ」

「このおれを出し抜きやがって。才賀ちゃんは意外に策士《さくし》なんだな。まいった、まいった。それで、石丸はどうなんだい？」

「戸浦殺しには無関係だということがわかりました」

才賀はそう前置きして、経過を順序だてて話した。

「そうか。石丸がシロとわかって、なんか気分が明るくなったよ。あの男は不運だったからね。奴が戸浦監察官に脅迫電話をかけたことは目をつぶってくれるんだな？」

「ええ、軽い罪ですからね」

「才賀ちゃんも成長したな。人情の機微《きび》ってやつがわかるようになったんだ。いい刑事だね。そのうち、一杯奢《おご》るよ」

堀内が上機嫌に言って、先に電話を切った。

才賀はセルラー・テレフォンを懐にしまうと、勢いよくイグニッション・キーを捻《ひね》った。

2

少しも酔えなかった。

才賀はバーボン・ロックをお代わりした。五杯目だった。横浜から自宅に戻り、『エンパシー』に顔を出したのである。

客は若いカップルがいるだけで、サラ・ヴォーンの歌声が店内を圧している。

「BGMの音量、少し絞ってくれないか」

才賀は、バーテンダーの石堂に言った。すぐに石堂がCDプレイヤーに手を伸ばし、ボリュームを落とした。

「悪いな」

「いいえ。何か今夜は沈んでますね。よかったら、悩みを打ち明けてください。悩みは他人《ひと》に話すことによって、だいぶ楽になると言いますから」

「そっちの気持ちは嬉しいよ。しかし、他人に話すようなことでもないんだ」

才賀は言って、両切りピースに火を点けた。ストゥールに腰かけたときから、彼は吉岡のことを考えていた。

借りのある吉岡を追いつめるような真似はしたくない。しかし、急に懐が温かくなったことがどうしても解《げ》せなかった。秘密カジノやJグループを強請《ゆす》っていないことは、ほぼ間違いないだろう。ならば、吉岡はどんな方法で遊興費を手に入れたのか。

あれこれ想像してみたが、納得のいく結論は導《みちび》き出せなかった。

一服し終えたとき、店のドアが手繰《たぐ》られた。客は岩瀬有理だった。先夜、ストーカーにまとわりつかれていたOLだ。

「あら、才賀さん。こないだは、ありがとうございました」

「その後、元カレは？」

「影も感じなくなりました」

「それはよかったな。一緒に飲もうや」

才賀は隣のストゥールに目をやった。

有理は笑顔でうなずきながらも、二つ横の椅子に腰かけた。そして、彼女は石堂の顔を熱のあるような眼差《まなざ》しで見つめた。

「そういうことだったのか」

才賀は苦笑しながら、石堂と有理を等分に見た。すると、石堂が口を開いた。

「どういう意味なんです？」

「この女たらしが！　もう有理ちゃんとは他人じゃないんだろ？」

「才賀さん、それは誤解ですよ」

「嘘つくなって」

「わたしと石堂さんは、まだ特別な関係じゃありません」

有理が会話に割り込んできた。

「でも、きみは彼に惚《ほ》れてしまった。そういうことなんだね？」

「ええ、そうです」

「がっかりだな。おれはきみを本気で口説《くど》く気になってたのに」

「才賀さんには感謝してます。でも、異性として意識したことは……」

「みなまで言うなって。見てくれはこうでも、おれは案外、傷つきやすいんだからさ」

「ごめんなさい」

「いいって。気にするなよ」

才賀は有理に言って、石堂に顔を向けた。

「で、そっちはどうなんだい？」

「答えにくいな」

「おれに遠慮することはないさ。たったいま、こっちは脈なしだってことがはっきりしたわけだから」

「有理さんのことは、もっと知りたいと思ってる」

石堂が言った。

「だったら、ちゃんとつき合えよ」

「でもねえ、才賀さんの気持ちを考えると、なんだか悪い気がして」

「おれは立ち直りが早いんだ。おたくたち二人がおれの前でいちゃついたとしても、拗《す》ねたりしないよ。目の前でディープ・キスなんかされたら、いい気持ちはしないけどさ」

「わたし、そんな無神経なことはしませんよ。石堂さんだって、きっと……」

有理がバーテンダーに同調を求めた。石堂が即座にうなずいた。

「シャンパン、冷えてないの？」

才賀は石堂に訊《き》いた。

「残念ながら……」

「そうか。赤ワインは？」

「ワインなら、冷やしてあります。スペイン産の安いものですけどね」

「そのワインを抜いてくれ。二人の門出《かどで》を祝ってやろう」

「まだ交際宣言をしただけですよ。門出を祝うっていうのは、なんか変でしょ？　卒業したとか、結婚したってことなら、わかりますけどね」

「ごちゃごちゃ言ってないで、早くワインのコルクを抜けよ」

「才賀さんは、ちょっと強引だからなあ」

石堂が困惑顔で三つのワイン・グラスをカウンターに並べ、赤ワインを注いだ。

「こいつは、おれの奢《おご》りだ。遠慮なく飲《や》ってくれ」

才賀は二人と乾杯した。やや酸味が強かったが、喉ごしはすっきりとしていた。

「どうもご馳走さま！」

石堂と有理が声を揃《そろ》えた。

「息がぴったりと合ってるな。おたくら、結婚しても、うまくいく感じだよ」

「才賀さん、話を飛躍させないでください。まだデートもしてないんですから」

「ちょっと気が早かったか」

才賀は頭に手をやり、残りのワインを飲み干した。

そのとき、また店のドアが開けられた。店内を覗き込んでいるのは、なんと吉岡だった。

才賀はストゥールから滑り降り、吉岡に駆け寄った。

「なんで吉岡さんがここに!?」

「そっちのマンションを訪ねたんだが、留守だったんで、この店にいるんじゃないかと見当をつけたんだよ」

「そういえば、一度、吉岡さんをここにお連れしたことがあったな。何か話があるんですね。入りませんか?」

「いや、店の外のほうがいいな」

吉岡が言った。

才賀は目顔《めがお》で石堂に断り、『エンパシー』を出た。二人は店の前で向かい合った。

「協栄レジデンスに知り合いがいるって話は、でたらめだな?」

吉岡が言った。

「えっ」

「そっちは六〇一号室の曽根を訪ねて、おれが奴から金を脅し取ってるかどうか確かめたんだろ?『シャングリラ』に連れていった晩にも、秘密カジノ『C』に行ったはずだ」

「覚られてたんですか」

「極道記者の堀内重人におれを尾行させたのは、そっちだよな？」

「ええ、そうです」

「なんだって、おれの身辺を嗅《か》ぎ回ってるんだ？」

「警察庁の戸浦監察官が吉岡さんをマークしてるって噂を小耳に挟んだもんだから、ちょっと検証してみる気になったんですよ」

「おまえは、おれが『C』や坪井組から口留《ど》め料を脅し取ったと疑ったようだな。急に小遣いが増えたんで、そんな疑惑を懐《いだ》かれたんだろうが、後ろ指をさされるようなことはしてない」

「吉岡さん、羽振りがよくなった理由を教えてください」

「おれは好運に恵まれて、少しまとまった金を手に入れることができたんだ。といっても、悪事を働いたんじゃないぞ」

「やっぱり、そうでしたか。おれ、吉岡さんの変化をちょっぴり怪しんでたんですが、ずっと信じたいと思ってたんですよ。結局、戸浦監察官は早合点したわけですね？　吉岡さんが何か汚職をしてるんじゃないかと」

「そうだったんだろうな。おれが戸浦監察官にマークされてたことは事実だ。しかしな、おれは不正な手段で金を手に入れたわけじゃない」

「ええ、そのことは信じます。『C』の雇われ店長の竹林も、Jグループの黒幕の曽根も吉岡さんに金を要求されたことはないと言ってましたんでね。ほんの少しでも怪しんだことを恥じてます。勘弁してください」

才賀は言った。

「やっぱり、そこまで調べ上げてたか。おまえは、おれが戸浦敏之を誰かに殺《や》らせたんじゃないかと疑ってたようだな。どうなんだ？」

「ほんの一瞬でしたが、そういう疑いを持ったことは確かです」

「哀《かな》しいな、昔の部下にそんなふうに思われてたなんてさ」

「すみません」

「おれが汚職警官なら、うるさく嗅ぎ回ってる戸浦監察官を誰かに始末させてたかもしれないよ。しかし、おれは戸浦殺しにはまったくタッチしてない」

「そう思ったんで、戸浦監察官を逆恨《さかうら》みしてる元警官のことを調べてみたんです」

「元警官？」

吉岡が訊き返した。才賀は、石丸剛のことを話した。

「その石丸はシロだろうな。これは単なる勘なんだが、監察官はおれを摘発する気で内偵中に意外な事実に気づいたのかもしれない。そのため、ゴム弾で頭を撃たれ、歩道橋の階段から突き落とされたんじゃないだろうか」

「吉岡さんは公務のほかに、何か調べてるんですね？」

「うむ」

「口外はしませんから、教えてくださいよ」

「才賀、おれは非番の日を利用して、ある事件を密かに洗い直してたんだ。その殺人事件によって、優秀な捜査員たちが人生を棒に振ることになってしまった。そのうちのひとりは、おれと警察学校で同期だったんだ」

「吉岡さん、もっと詳しく話してくれませんか。場合によっては、おれも協力します」

「おまえの力を借りるわけにはいかないよ」

「どうしてなんです？」

「敵が手強《てごわ》いからさ。さっき話したことが間違ってなかったら、敵は戸浦監察官だけじゃなく、このおれも消したいにちがいない」

「それなら、おれを保険にしてください。吉岡さんが摑んだ事件の物証を第三者に預けてあると仄《ほの》めかせば、手強い敵も下手なことはできないでしょ？」

「かつて部下だった才賀を巻き込むわけにはいかないよ」

「おれは渋谷署にいるとき、吉岡さんに命を救ってもらったんです。吉岡さんはおれをかばったために、片脚に被弾してしまった。いまでも冬になると、古い銃創《じゅうそう》が疼《うず》くんでしょ？」

「ああ、少しな。でも、別に歩行に支障はない。走る速度がちょっぴり落ちたがね」

「芝居がかったことは言いたくないけど、おれ、なんらかの形で吉岡さんに借りを返したいんです。だから、何か手伝いたいんですよ。どうかお願いします」

「おまえの気持ちは嬉しいが、非公式捜査はおれ個人の問題なんだ。誰かを巻き添えにはしたくないんだよ」

「吉岡さん、危険すぎます。敵が戸浦監察官を葬《ほうむ》ったんだとしたら、いつか吉岡さんまで殺《や》られるでしょう。だから、保険が必要なんですよ」

「それはわかってるさ。しかしな、年下の才賀まで犠牲にはできない」

「くどいようですが、単独じゃ危《ヤバ》いですよ。吉岡さんは迷惑かもしれないが、おれ、明日から影のようにくっついて歩きますからね」

「そんなことをしたら、おまえに当て身を見舞ってでも離れるさ」

「格闘技の段位は、どれもおれのほうが上です。そうはさせません」

「確かにそうだな。中学生のときに器械体操をやってた才賀はバック転もできるし、トンボも切れる」

「ええ。少なくとも、吉岡さんより身のこなし方は軽いと思います。だから、まともに当て身を喰《く》らったりはしませんよ」

「かもしれないな」

「これから、どちらに行かれるんです？」

「目黒の自宅に帰るんだよ。おれにくっついてきても、無駄骨を折るだけだぜ」

「ほんとにまっすぐ帰宅するんですね？」

「ああ」

「おれ、明日の朝から吉岡さんに貼りつきますからね」

「勝手にしろ。その代わり、途中でおまえを撒《ま》いてやる」

吉岡はそう言うと、歩きはじめた。右足が路面に触《ふ》れるたびに、肩が傾いた。才賀は胸を痛めながら、吉岡の後ろ姿を見つめた。

数十メートル進んだとき、不意に吉岡の体が吹っ飛んだ。まるで突風に煽《あお》られたような感じだった。

吉岡は民家の生垣《いけがき》のそばに倒れ込んだ。

（何があったんだ⁉）

才賀は混乱したまま、全速力で走りはじめた。街路灯の淡い光が吉岡に届いていた。

側頭部を撃ち抜かれている。射入口《しゃにゅうこう》から、ポスター・カラーのような血糊《ちのり》が涌出《ゆうしゅつ》していた。消音器付きの拳銃で狙撃されたのだろう。

「吉岡さん、先輩！」

才賀は呼びかけながら、あたりを透《す》かして見た。動く人影はない。

「しっかりしてください」

才賀は吉岡の肩を揺さぶった。しかし、反応はなかった。急いで、吉岡の右手首を取る。

かすかだが、脈動《みゃくどう》は伝わってきた。まだ間に合うかもしれない。

才賀は携帯電話を使って、一一九番した。吉岡の名を呼びながら、救急車を待つ。

救急車が到着したのは、五、六分後だった。

才賀は救急隊員に身分を明かして、早口で告げた。

「怪我人を飯田橋の警察病院に搬送《はんそう》してください」

「なぜ、警察病院に？」

「頭を撃たれてるんです。一般の救急病院は、銃弾の摘出にあまり馴《な》れてないでしょ？」

「わかりました」

救急隊員たちが手早く吉岡を担架《たんか》に載《の》せ、救急車内に収容した。才賀は怪我人に付き添った。

救急車はサイレンを鳴らしながら、すぐさま発進した。走る車の中で、怪我人に応急手当てが施《ほどこ》された。

「吉岡さん、死なないでください。死んじゃ駄目ですよ」

才賀は怪我人に声をかけつづけた。すでに意識が混濁している吉岡は、なんのリアクションも示さなかった。

「怪我人のことを詳しく教えてください」

救急隊員のひとりが声をかけてきた。才賀は素直に質問に答えた。

およそ三十分後に目的の警察病院に着いた。

吉岡は、ただちに緊急手術室に運び込まれた。ほどなく銃弾の摘出手術が開始された。

「吉岡さんの家族には連絡済みです。われわれは、これで引き揚げますんで」

救急隊のリーダーがそう言い、部下とともに去った。

才賀は緊急手術室の前のベンチに腰かけ、手術の成功を祈った。祈り終えると、狙撃者のことを考えはじめた。

戸浦監察官を殺害した犯人と同一なのだろうか。犯行の手口は、明らかに異《こと》なる。同一人物の仕業《しわざ》ではないのか。それとも、そう見せかけたくて、故意に手口を変えたのだろうか。

どちらとも、考えられる。いずれにしても、実行犯は吉岡が話していた手強い敵の一味なのだろう。

吉岡は過去の事件を洗い直しているうちに、恐るべき陰謀を知ってしまったと思われる。吉岡をマークしていた戸浦監察官も、その秘密に気づいたにちがいない。

吉岡の妻の弓子《ゆみこ》が駆けつけたのは、四十数分後だった。ちょうど四十歳で、体つきはふくよかだ。

才賀は、吉岡夫人と顔見知りだった。

「いったい何があったの？」

弓子が立ち止まるなり、問いかけてきた。顔は蒼《あお》ざめていた。

才賀はベンチから腰を上げ、経過を伝えた。

「昔の事件をほじくり返したりするから、こんなことになるんだわ」

「奥さん、吉岡先輩はどんな事件を洗い直してたんです？」

「わたしもよく知らないのよ。吉岡は詳しいことは何も話してくれなかったから。でもね、警察学校で同期だった松村茂晴《まつむらしげはる》さんが担当した事件を非番の日にせっせと調べてたようよ」

「その事件はどういった……」

「三年前に四谷署管内で発生した殺人事件よ。被害者は美人モデルだったと思うわ。その当時、松村さんは四谷署の刑事課にいたの」

「そうですか。それで、事件はどうなったんです？」

「被害者の恋人が重要参考人だったらしいんだけど、その後、犯人が名乗り出たようね。でも、その男は東京拘置所で自殺しちゃったのよ。罪の重さに耐えきれなくなったんでしょうね」

「犯人が死んでしまったんで、四谷署に設置された特別捜査本部は解散になったの。それから三、四ヵ月してから、松村さんは青梅《おうめ》署に飛ばされたのよ。それで松村さんは腐って、依願退職をしちゃったの」

「その後、その方はどうされたんです？」

「てっきり警察ＯＢのいる警備保障会社か運送会社に再就職すると思ってたんだけど、松村さんはフリーターみたいな暮らしをつづけてたみたいよ。ビル掃除とかチラシ配りとかで、なんとか食べてたみたい。そんな具合だったんで、夫婦仲もうまくいかなくなって、結局、松村さんは蒸発しちゃったらしいの。まともな仕事に就《つ》けない事情があったのかもしれないわね」

「そうなんだろうか」

「松村さんは蒸発して以来、吉岡には一切《いっさい》連絡をしてこなくなったそうよ。落ちぶれたとこを同期の者に見られたくなかったんじゃないかしら？」

「多分、そうなんだろうな。それで、吉岡さんは松村という男の行方を追ったんでしょうか？」

「ええ、八方手を尽くしてね。それで、四月ごろに松村さんが企業恐喝屋に成り下がってるかもしれないと落胆してたの」

「松村という元刑事は、なんて企業を脅迫してたんですかね？」

「そこまではわからないわ。でも、吉岡はね、先月、パソコンで『東京ファンドエステート』という不動産投資信託会社のホームページにアクセスして、何かを調べてたわ」

「そうですか。それはそうと、吉岡さんは立ち話をしてるとき、好運に恵まれたと言ってましたけど、何かいいことがあったんですか？」

「吉岡ったら、お喋りなんだから。才賀さんには教えちゃうけど、誰にも言いふらさないでね」

「ええ、いいですよ」

「吉岡が酔った勢いで買った新春宝くじで、特賞の六千万円が当たったのよ。それで二人の子供の教育費に三千万円残して、夫婦で一千五百万円ずつ山分けしたの。刑事の給料は安いから、日頃は贅沢《ぜいたく》なんかできないでしょ？」

弓子が言った。

「そうですね」

「どうせ泡銭《あぶくぜに》なんだから、お互いに派手に散財しようってことになったの。わたしはダイヤの指輪を真っ先に買ったんだけど、吉岡は憧れのフランク・ミューラーの腕時計を購入したの。その時計を買った日は、彼、子供みたいに喜んでたわ」

「そうですか」

「吉岡はほかにスーツを仕立てたけど、あとはクラブ通いをしてたみたいよ。上着のポケットに時々、赤坂の『シャングリラ』ってクラブの領収証が入ってたから。吉岡には話してないんだけど、わたしも学生時代の友人を連れてホスト・クラブに行ったことがあるの。ホストの話題があまりにも少なくて、すぐに退屈しちゃったけどね」

「そうでしょうね」

才賀は、吉岡に少しでも疑いの目を向けたことを改めて恥じた。急に金回りがよくなったのは、宝くじで特賞を射止《いと》めたからだ。恩人をとことん信じるべきだった。

「吉岡、一命を取りとめてくれるといいんだけど」

弓子が言いながら、ベンチに腰かけた。才賀も坐った。

緊急手術室の赤いランプが消えたのは、小《こ》一時間後だった。すぐに緑色の手術着に身を包んだ五十年配の執刀医が姿を見せた。

才賀と弓子はほとんど同時に立ち上がり、執刀医に駆け寄った。

「先生、主人はどうなったんでしょう？」

「幸い一命は取り留められました。しかしですね、銃弾が大脳、小脳、脳幹部分をぐちゃぐちゃにしてしまったので、寝たきりの状態になってしまうでしょう」

「夫は植物状態になるってことなんですね？」

「ええ、お気の毒ですが」

「先生、なんとかならないんですか？」

「いまの医学では、もう手の施しようがないんですよ」

執刀医が辛《つら》そうに言い、目を伏せた。

吉岡の妻が頽《くずお》れた。水を吸った泥人形のような崩れ方だった。執刀医が踵《きびす》を返した。

（なんてことなんだ）

才賀は茫然《ぼうぜん》と立ち尽くしつづけた。

3

狭い書斎だった。

三畳ほどのスペースしかない。簡易型の机の上には、ノート・パソコンが載《の》っている。机の横には、書棚があった。海外のミステリー本が多い。

「夫の書斎に入ったのは初めてよね？」

弓子が確かめた。

才賀は無言でうなずいた。吉岡が警察病院に担《かつ》ぎ込まれたのは、一昨日《おととい》の夜だ。開頭手術後、この家の主は集中治療室《ICU》に移された。きょうもICUのベッドに横たわっているはずだ。

「奥さん、その後、杉並署から何か連絡がありました？」

「ううん、ないわ。現場に空薬莢《からやっきょう》が落ちてなかったなんておかしいわよね、凶器はアメリカ製のコルト・ディフェンダーとかいう自動拳銃と判明したのに。リボルバーじゃないわけだから、どこかに薬莢が落ちてるはずでしょ？」

「おそらく、犯人が路上から薬莢を拾い上げて持ち去ったんでしょう。そうでなかったとしたら、犯行前に袋掛け《バギング》してたんだろうな」

「袋掛け《バギング》？」

「ええ。自動拳銃をそっくりビニール袋で包んでから引き金を絞れば、排莢口《はいきょうぐち》から弾《はじ》き出された空の薬莢は袋の中に落ちるんです」

「要するに、薬莢を回収する手間が省《はぶ》けるわけね？」

「そうです。袋掛け《バギング》までやるのは、かなり銃器の扱いに馴《な》れた奴でしょうね。たとえば、自衛官崩れの殺し屋《プロ》とか傭兵《ようへい》体験のある奴とか」

「才賀さんは、吉岡が三年前の美人モデル殺害事件のことを独自に調べ直したことが今回の狙撃に結びついてると考えてるのね？」

「ええ、おそらくね。そうでないとしたら、松村という元刑事が吉岡さんに企業恐喝の事実を知られたため、刺客を放ったんでしょう」

「夫と松村さんは同じ年齢ということもあって、とっても仲がよかったのよ。松村さんが狙撃者の背後にいるとは思いたくないわ」

「そうでしょうね。しかし、追いつめられた犯罪者は常軌《じょうき》を逸《いっ》したことをするもんです。吉岡さんは、松村茂晴が企業恐喝屋に成り下がったかもしれないと洩らしてたんでしょ？」

才賀は確かめた。

「ええ、そう言ってたわ。吉岡は『東京ファンドエステート』という会社のことを検索《けんさく》してたから、松村さんはその会社からお金を脅し取ったのかしらね？」

「それ、考えられますね。『東京ファンドエステート』のホームページにアクセスしてもらえますか？」

「いいわよ」

弓子がコンパクトな椅子に腰かけ、パソコンを起動させた。ほどなくディスプレイに文字が浮かんだ。

才賀は弓子の肩越しに画面を見た。『東京ファンドエステート』の本社は港区六本木二丁目にあり、代表取締役は生田克彦《いくたかつひこ》という四十六歳の男だった。

ホームページには、本社ビルと社長の写真も載っていた。同社は、いわゆる不動産投資信託《リート》を手がけてる。

ここ数年前からREIT《リート》人気が高まり、投資家たちが熱い眼差《まなざ》しを注《そそ》いでいる。リートとは、投資家たちから少しずつ金を集めて商業ビルや賃貸マンションを買い、家賃を分配金として配当するビジネスだ。

リート・ビジネスの発祥の地はアメリカで、一九九〇年代に市場が急拡大し、昨年度末の時価総額は三十一兆三千億円に上《のぼ》る。オーストラリア、フランス、シンガポール、韓国などでも導入され、日本も上場銘柄が続々と増えている。

リートは株と同じく証券取引所に上場され、他の金融商品と較《くら》べて利回りが有利だ。ただし、その分、リスクも伴《ともな》う。

主な上場リートは、日本ビルファンド、日本リテールファンド、ジャパンリアルエステイト、日本プライムリアルティ、野村不動産オフィスファンド、オリックス不動産、東京リアル・エステート、森トラスト総合リート、日本レジデンシャルなど十六銘柄だ。上場リートの時価総額は現在、およそ一兆八千億円である。新規上場の増加と既存リートの規模拡大が予想され、五、六年先には三兆円市場になると言われている。

リート・ビジネスには利点がある。投資法人は利益の九割以上を配当すれば、法人税は免除されるのだ。リート業者は不動産を保有する〝器〟として存在し、実際は投資家たちから集めた金で事業を運用しているわけである。投資家たちにそっぽを向かれない限り、会社は半永久的に存続が可能だ。

そうした背景から、リート・ビジネスに乗り出す大手企業は増える一方だ。それだけではなく、経済マフィアたちまでも参入しはじめている。それだけ旨味があると言えよう。

『東京ファンドエステート』は都内二十三区内にオフィス・ビルや高級賃貸マンションを三十数棟所有していることをホームページで誇らしげに宣伝し、利回りは十パーセント以上を保証すると強調していた。

大口投資家たちのコメントも添えられている。その多くは勝ち組起業家だった。一般投資家も同社のホームページを覗いたら、出資したくなるのではないか。

「こういうニュービジネスには、たいてい落とし穴があるのよね。有力リート業者は投資家たちを露骨に騙《だま》したりしてないでしょうけど、後発の怪しげな同業者たちはかなり悪辣《あくらつ》なことをしてるんじゃない?」

「でしょうね。『東京ファンドエステート』の生田って社長のことを少し調べてみるつもりです」

「そう。三年前の美人モデル殺害事件もファイルされてるといいわね」

弓子がそう言いながら、フロッピーディスクを一枚ずつ手に取りはじめた。

「どうです?」

「見当たらないわね。もしかしたら、事件の報道記事をスクラップしてあるかもしれないわ」

「スクラップ・ブックは、どこにあるんです?」

才賀は問いかけた。弓子が立ち上がり、書棚から黒い表紙のスクラップ・ブックを抜き取った。頁《ページ》を捲《めく》る手がじきに止まった。

「事件の切り抜きがあったわ」

「ちょっと見せてもらえますか」

才賀はスクラップ・ブックを受け取り、記事を素早く読んだ。

事件が起こったのは、三年前の六月五日だった。モデルをしていた二十五歳の野沢香織《のざわかおり》という女性が四谷の荒木町にある自宅マンションの寝室でパンティ・ストッキングで絞殺された。玄関は施錠《せじょう》されていなかった。

事件の第一報は、それだけだった。

数日後の夕刊では、交際中の青年実業家が重要参考人として四谷署に任意同行を求められたことが報じられている。だが、その重要参考人は犯行を否認し、捜査線上から消えた。

真犯人が出頭したのは、事件発生してから半月が経《た》ったころだ。被害者と仕事でつき合いのあった写真家が強姦目的で被害者宅を訪れ、犯行に及んだらしい。

「いつだったか、吉岡が美人モデル殺害事件には何かからくりがあるのかもしれないとぽつりと呟《つぶや》いたの」

「どういうことなんだろうか」

「犯行を認めた芝木博司《しばきひろし》という写真家は、四谷署から東京拘置所に身柄を移された日に自殺しちゃったらしいの。吉岡は、そんな気の小さい男が人殺しをやれるだろうかとしきりに首を捻《ひね》ってたわ」

「吉岡さんが言ったように、事件の背後には何か隠されてるのかもしれませんね。そのあたりのことも調べてみますよ」

「休職中に、そんなことをしてもいいの？　下手したら、あなた、職場に復帰できなくなるんじゃない？」

「世話になった吉岡さんがひどい目に遭《あ》ったわけだから、じっとしてられませんよ。どこまでできるかわかりませんが、おれなりに吉岡さんの事件を捜査してみます」

「あまり無理はしないでね」

「ええ」

「それからね、もし間違ってたら、ごめんなさい。夫が事件前に才賀さんに会いに行ったのは何か誤解されてるって感じたからじゃないの？」

弓子がためらいがちに言った。

「誤解⁉」

「ええ、そう。これは妻の勘なんだけど、吉岡はあなたに汚職めいたことをしてると疑われてると感じ取ったんじゃない？　ほら、急に吉岡の羽振りがよくなったでしょ？」

「…………」

「やっぱり、そうだったのね。宝くじで六千万が当たったって話は事実なの。その証拠を見せてあげる」

「いいですよ、そんなことまでしなくても」

才賀は引き留めた。

だが、吉岡の妻は書斎から走り出た。才賀は困惑しながら、スクラップ・ブックを書棚に戻した。

それから間もなく、弓子が戻ってきた。一枚のカラー写真を手にしていた。

「これは記念にと思って、わたしがインスタント・カメラで撮《と》ったものなの。見てちょうだい」

「こんなことまでしなくてもよかったのに」

才賀はそう言いながら、カラー写真を受け取った。新聞の当選番号の切り抜きと一緒に六千万円の当たりくじが写っている。番号は同じだった。

「子供たちの教育資金用の三千万円は宝くじを扱ってる銀行に預金してあるから、その通帳を見せてもいいわよ」

「奥さん、気を悪くされたんですね。だったら、謝ります」

「いいのよ、そんなことしなくたって。あなたが吉岡のことを疑ったのは無理ないことよ。宝くじの特賞を射止める確率なんか、何百万分の一なんだろうから。ううん、何千万分の一かもしれない」

「言い訳をするわけではありませんが、急に吉岡さんがリッチになったことを訝《いぶか》しく思ったことは事実です。しかし、汚職をしてるにちがいないと思ってたわけじゃないんですよ。むしろ、それを否定する気持ちが強かったんです」

「そのことは、もういいの。妙な疑いは晴れたでしょうから」

「勘弁してください」

才賀は頭を下げ、弓子に写真を返した。

「大きな幸運を摑むと、何か不幸に見舞われるって、よく世間では言うでしょ？」

「ただの迷信だと思うな」

「そうなのかもしれないけど、現に吉岡があんなことになってしまった。宝くじなんか外れればよかったんだわ。お金なんかよりも、ずっと家族のほうが大事だもの」

「奥さんも、これからは何かと大変だと思いますが、吉岡さんのために頑張ってくださいね。おれにできることがあったら、いつでも遠慮なく声をかけてください」

「ええ、ありがとう。二人の子供たちと力を合わせて、吉岡を支《ささ》えていくつもりよ。医学がもっと進歩すれば、夫の意識が戻って、体も動かせるようになるかもしれないもんね。それを希望にして、頑張るわ」

弓子がそう言い、言葉を詰まらせた。

「おれも、ちょくちょく吉岡さんの様子を見に行くつもりでいます」

「ありがたい話だけど、自分の生活を優先させて。そうじゃないと、吉岡も困るだろうから。彼は他人に迷惑をかけないことを生活信条にしてきたでしょ？」

「そうですね。吉岡さんがやりかけてたことは、このおれがやります。ご自宅まで押しかけてきて、ご迷惑だったと思います。これで失礼します」

才賀は書斎を出て、玄関ホールに足を向けた。

弓子に見送られながら、吉岡の自宅を出る。

両隣も似たような造りの建売住宅だった。敷地は四十坪前後だろう。吉岡が二十年のローンで自宅を購入したのは、四、五年前のことだ。

（まだローンがだいぶ残ってるんだろう。入院費も嵩《かさ》むわけだから、家族は苦労するにちがいない）

才賀はそう考えながら、近くに駐《と》めてあるフォード・エクスプローラーに乗り込んだ。

ほとんど同時に、彦根から電話があった。

「いま別働隊の者から報告があったんだが、一昨日の犯行直前に複数の住民が事件現場付近で、大柄な不審者を見かけてるらしい」

「そいつはどんな奴なんです？」

「百八十センチ以上の長身で、筋肉質の体軀《たいく》だというんだ。スポーツ・キャップを目深《まぶか》に被ってたから、顔かたちははっきりとしなかったらしい」

「年恰好《としかっこう》は？」

「三十歳前後だろうって話だった。その男は裏通りを大股で往復してたというから、距離を測《はか》ってたのかもしれないな」

「多分、そうなんでしょう。犯人の遺留品は結局……」

「その後も見つかってないそうだ。それからね、さっき捜四の課長がわたしのとこに来たよ」

「杉並署から、わたしのことで問い合わせがあったんですね？」

「そうだ。所轄署は、休職中のきみが渋谷署の吉岡刑事と会ってた理由を知りたがってたらしいが、捜四の課長はよくわからないと答えておいたそうだ。それで、課長はわたしに探りを入れに来たみたいだな。むろん、きみの極秘任務のことは伏せておいたよ」

「そうですか」

「吉岡刑事の自宅で何か手がかりは？」

「収穫はありました」

才賀は詳しい話をした。

「四谷署にいた松村茂晴が『東京ファンドエステート』の弱みを摑んで、それを恐喝材料にしてたんだろうか」

「吉岡さんが奥さんに話してたことが事実なら、そう推測できますね。松村はなぜ美人モデル殺害事件後、青梅署に飛ばされたんでしょう？　刑事部長、三年前の事件に関する情報をできるだけ多く別働隊のスタッフに集めてもらってください」

「わかった」

「それから、捜査本部に加わった捜査員の中に松村茂晴と同じように退職した者がいるかどうかも……」

「それも調べさせよう」

彦根が電話を切った。才賀は終了キーを押し、腕時計を見た。午後三時過ぎだった。

極道記者の堀内の携帯電話を鳴らす。

「才賀ちゃんか。いま、そっちに電話しようと思ってたんだ。一昨日、渋谷署の吉岡刑事が杉並区内で狙撃されたな。おれ、沖縄に取材に出かけてて、その事件のことをきのうの深夜に知ったんだよ」

「おれ、吉岡さんが撃たれて倒れるとこを見てるんです」

「ほんとかい⁉　新聞には、そっちのことは一行も出てなかったな。現職警官だから、杉並署はマスコミに伏せたんだな」

「そうなんでしょう。旦那、いま、どこにいるの？」

「台場《だいば》の日東《にっとう》テレビの喫茶室だよ。ワイド・ショーの事件コーナーに十分ほど出演して、一息入れてるとこなんだ」

「これから、どこかで会えないかな？」

「さては、吉岡刑事の事件《ヤマ》を個人的に調べる気になったな。図星だろ？」

「ええ、まあ。で、どうです？」

「そっちは、どこにいるんだい？」

「上目黒《かみめぐろ》五丁目です」

「だったら、こっちに来いよ。おれは急ぎの原稿をここで書くつもりでいるんだ」

「わかりました。すぐ日東テレビに向かいます」

才賀は通話を打ち切り、覆面パトカーを走らせはじめた。

日東テレビに着いたのは、三十数分後だった。フォード・エクスプローラーをテレビ局の広い駐車場に入れ、局ビルの中二階にある喫茶室に駆け込んだ。ブラウン管でよく見かける役者やお笑いタレントがあちこちにいた。

堀内は窓際の席で、二百字詰め原稿用紙にボールペンを走らせていた。近づくと、気配で顔を上げた。

「意外に早かったな」

「原稿、先に書いちゃってください」

「そうか。なら、あと十分ほど待っててくれや」

「ええ、いいですよ」

才賀は向かい合う位置に坐り、ウェイトレスにホット・コーヒーを注文した。煙草を吹かしながら、届けられたブレンド・コーヒーを啜《すす》る。

「お待たせ！　夕刊紙のコラム原稿は一丁上がりだ」

堀内が書き上げた原稿を書類袋に突っ込み、かたわらに置いた。

「旦那は、生田克彦って名に記憶があります？」

「そいつは、裏経済界で暗躍してた男だよ。以前は倒産整理屋だったんだが、二年前から表経済界で仕事をしてる」

「リート・ビジネスに乗り出したんでしょ？」

「そう。『東京ファンドエステート』って不動産投資信託会社の代表取締役をやってるんだが、相変わらず悪い噂が絶えないね」

「たとえば、どんな噂が耳に入ってるんです？」

「生田はITビジネスで成功した若手起業家に数十億円の投資をさせて、商業ビルや超高級賃貸マンションを次々に買い漁《あさ》ってるんだが、分配金を払わないんだよ。マッチ・ポンプをやって、テナントが入らないように仕組んでるみたいなんだ」

「買った商業ビルやマンションの一室に柄の悪い奴を入居させて、ほかのテナントが入らないようにしてるんだね？」

「察しがいいな。そうなんだよ。家賃収入がない場合、分配金を投資家に払わなくても違法にはならないんだ。生田は何年も分配金を払う気はないんだろう。買った三十棟近い不動産は『東京ファンドエステート』が所有してる形になってるから、大口投資家たちは勝手に物件を売ることはできないんだ」

「でしょうね。生田って奴は不動産を担保にして、金融機関から金を借りて、それで個人的にビルを買い、転売で利鞘《りざや》を稼いでるんだな」

「ああ、おそらくね。それで、甘い汁をさんざん吸ってから、『東京ファンドエステート』を計画倒産させる肚《はら》なんだと思うよ」

「悪知恵が発達してるな。生田は筋《すじ》を嚙んでるんでしょ？」

「正式な盃《さかずき》は受けてないはずだが、バックに住川会がついてることは間違いないよ。だから、生田に嵌《は》められたと気づいた大口投資家たちも尻《けつ》を捲《まく》れねえんだ」

「そうなのか。吉岡さんと警察学校で同期だった元刑事がどうも生田の会社の弱みを握って、恐喝をやってたようなんですよ。吉岡さんはそのことを知ってしまったんで、狙撃されたんだと思います」

「同期の元刑事に狙われたのかい？　それとも、生田が刺客を差し向けたのか？」

「いまの段階では、どっちの仕業かわからないんですよ」

「その元刑事の名前は？」

「松村茂晴です。三年ほど前まで四谷署刑事課にいたらしいんですが、その後、青梅署に飛ばされて、依願退職したようです。それからはフリーターみたいな暮らしをしてたようで、家庭を棄《す》てて蒸発したという話だったな」

「その男とは一面識もないが、なぜ青梅署に飛ばされたんだろうな？　大きなミスでもしたのかね？」

「そのあたりのことはよくわからないんですが、四谷署勤務時代に何かあったんでしょうね」

才賀は曖昧《あいまい》な答え方をした。三年前の美人モデル殺害事件まで話してしまったら、極秘捜査がやりにくくなると判断したからだ。

「松村って元刑事が企業恐喝屋に成り下がってたとしたら、そいつが自分の身辺を嗅ぎ回ってた吉岡刑事を誰かに始末させたんだろうな」

「旦那、ちょっと待ってよ。リート・ビジネスをやってる生田に致命的な弱みがあるとしたら、『東京ファンドエステート』の社長も吉岡さんは目障《めざわ》りなんじゃないかな？」

「才賀ちゃんもよく知ってると思うが、暗黒社会で生きてる連中はよっぽどのことがなければ、現職警官を殺したりしない。そんなことをしたら、警察全体を敵に回すことになるからな」

「確かに警察社会は身内意識が強いから、たとえ若い巡査が殺されても、キャリアとノンキャリアが一丸となって、犯人逮捕に力を尽くします」

「ふだんは本庁とは反《そ》りの合わない神奈川県警や千葉県警も協力を惜《お》しまないよな?」

「ええ、そうですね」

「話が脱線したが、どう考えても生田が現職刑事の命を狙わせるわけないよ」

堀内が言い切って、コップの水を飲んだ。

「そうかな」

「才賀ちゃんは、生田を怪しんでるようだな?」

「そういうわけでもないんですが……」

「吉岡刑事の事件《ヤマ》に生田は絡《から》んでないと思うが、奴をマークして損はないと思うよ。『東京ファンドエステート』の不正が透けてくるだろうし、元刑事の松村のこともわかるかもしれないからな」

「そうですね」

才賀は素直に応じ、冷めかけたコーヒーを飲み干した。

4

集中治療室《ICU》は空だった。

吉岡刑事は一般病室に移されたのだろう。

才賀はそう思いながら、集中治療室から離れた。日東テレビの前で堀内と別れてから、すぐに警察病院に来たのである。午後五時半過ぎだった。

才賀はナース・ステーションに足を向けた。

看護師詰所はガラス張りだ。才賀は受付カウンターで、二十二、三の女性看護師に声をかけた。

「ＩＣＵに吉岡さんはいないようだが、一般病室に移ったのかな？」

「ええ、正午過ぎにね。特に容態《ようだい》に変化がないということで、三階の病室に移ってもらったんですよ」

「病室は何号室なんだい？」

「三〇七号室です。個室なんですけど、鍵はないんです。不用心と思われるかもしれませんけど、患者さんの容態が急変する場合もありますでしょ？」

「そうだろうね」

「だから、ドクターやナースがいつでも病室に入れる状態にしてあるんです。それに、さっき立ち番の制服警官も来られましたからね。吉岡さんに異変があった場合は、そのお巡りさんがコール・ボタンを押してくれるでしょうから、こちらは安心していられます」

看護師が言った。

才賀は不吉な予感を覚えた。国会議員や重要な証人が入院した場合は警護の巡査が病室の前に立つが、吉岡は一刑事に過ぎない。しかも所轄の杉並署は、吉岡が非公式に三年前の美人モデル殺害事件を洗い直していることを知らないはずだ。

「そいつは、偽警官にちがいない」

「えっ⁉」

「とにかく、吉岡さんの病室に行ってみる」

才賀はエレベーター・ホールに走った。

せっかちに呼びボタンを押したが、函《ケージ》は五階に留《とど》まったままだ。もう一基のエレベーターも最上階から下降しはじめたばかりだった。

もどかしい。才賀は階段を駆け上がって、三〇七号室に飛び込んだ。

そのとたん、血臭《けっしゅう》と硝煙《しょうえん》の臭《にお》いが鼻腔《びこう》に滑り込んできた。ベッドに仰向《あおむ》けになった吉岡の額と心臓部が血で赤い。

「吉岡さん！」

才賀はベッドに走り寄った。脈動《みゃくどう》を確かめるまでもなく、もう絶命していることは明らかだった。

ベッドの向こうで、何かが動いた。すっくと立ち上がったのは、警察官の制服を着た大柄な男だった。制帽も被《かぶ》っている。

「一昨日《おととい》の晩、吉岡さんを撃ったのはおまえだなっ」

「ついでに、きさまも始末してやる」

男が低く言って、右腕を胸の高さまで浮かせた。消音装置付きのコルト・ディフェンダーを握っていた。

コンパクト・ピストルだが、使用弾は四十五口径ACPだ。至近距離で急所を撃たれたら、命を落とすことになる。

侮《あなど》れない。悪いことに、才賀は丸腰だった。グロック26は覆面パトカーのグローブ・ボックスの中だ。

才賀は身構えながら、周《まわ》りのスペースを目で確認した。

男の拳銃は、すでにスライドが引かれていた。引き金《トリガー》を絞った瞬間に銃弾が放たれる。

才賀は、大柄な男の右肩に目を当てた。

数秒後、相手の肩口の筋肉が盛り上がった。引き金に巻きついた指先に力が込められた証拠だ。

かすかな発射音がする前に、才賀は弾みをつけて宙返《ちゅうがえ》りした。放たれた弾《たま》は体の近くを抜け、後方の壁を穿《うが》った。

才賀は着地するなり、折り畳み式のパイプ椅子を掴んだ。

偽警官が銃把《グリップ》に両手を添えた。両手保持のほうが断然、命中率が高い。

才賀は折り畳み式のパイプ椅子を水平に投げた。

それは、大柄な男の右手の二の腕のあたりに当たった。相手が口の中で呻《うめ》いた。

空気の洩れるような音がして、ベッドの支柱が被弾音をたてた。暴発だった。

コルト・ディフェンダーの弾倉《マガジン》には七発しか入らないが、予《あらかじ》め初弾を送り込んでおけば、フル装弾数は八発だ。そのうちの二発は吉岡の体内に撃ち込み、いま二発使った。残弾は四発だ。

（落ち着け！　落ち着くんだ。冷静さを失わなければ、なんとか殺されずに済むだろう）

才賀は自分に言い聞かせた。

そのとき、男の両肩に力が入った。才賀は身を屈《かが》め、両腕で力まかせにベッドを押した。

銃弾が頭上を駆け抜けていった。風圧に似た衝撃波が髪の毛を揺らした。

男がよろけた。

反撃のチャンスだ。才賀はベッドを回り込み、相手に横蹴りを見舞った。

男が横に転がった。制帽が脱げた。拳銃は握ったままだった。

才賀は床からパイプ椅子を拾い上げるなり、それを男の顔面に叩きつけた。鼻柱が潰《つぶ》れたようだ。相手が長く唸《うな》った。

すかさず才賀は、男の利き腕を踏みつけた。そのままの姿勢で、コルト・ディフェンダーを奪い取る。

男の頬が引き攣《つ》った。たじろいだ様子だ。

才賀は数歩踏み込んで、相手の顎《あご》を蹴り上げた。上背《うわぜい》のある男が仰向けに引っ繰り返った。脚がV字形に跳《は》ね上がった。

「誰に頼まれて、吉岡さんを殺《や》ったんだ？」

才賀は、男に銃口を向けた。

「おれをどうする気だ？」

「口を割るまで痛めつけることになるな」

「本気らしいな。なら、言うよ。おれの雇い主は、元刑事の松村さんさ」

「おまえが正直者かどうか、体に訊《き》いてみよう」

「撃つ気なのか⁉」

男が肘《ひじ》を使って、一メートルほど退《さ》がった。

才賀は無造作にコルト・ディフェンダーの引き金を絞った。四十五口径ACP弾は男の股の間の床板を抉《えぐ》り、天井近くまで跳《は》ねた。

「次は腹を撃つぜ。腸《はらわた》が食《は》み出すことになるだろう」

「もう撃つな。おれは以前、四谷署にいた松村さんに吉岡喬を始末してくれって頼まれたんだ。成功報酬は一千万円で、もう半金は貰ってる」

男が口を割った。

「なぜ松村は、警察学校で同期だった吉岡刑事を始末したがったんだ？」

「具体的なことは知らないが、松村さんは企業恐喝をやってるみたいだな。そのことを吉岡に知られ、警察に自首しろって強く言われたらしいよ。焦《あせ》った松村さんは吉岡に金を握らせようとしたようだが、逆効果だったそうだよ」

「だから、松村は吉岡刑事を消す気になったってことか？」

「そうなんだろうな」

「おまえ、松村とはどういう間柄なんだ？」

才賀は訊いた。

「ただの飲み友達だよ。おれたち、新宿の同じ酒場の常連なんだ」

「店の名は？」

「えーと、『カサブランカ』だよ。歌舞伎《かぶき》町の風林《ふうりん》会館の近くにあるんだ」

「即答できなかったな。おまえの話を鵜《う》呑みにはできない」

「嘘じゃないよ」

「なんて名だ？」

「佐藤一郎《さとういちろう》だよ」

男が答えた。

「いかにも偽名臭いな」

「疑り深い奴だ」

「動くと、撃つぞ」

才賀は威《おど》しながら、相手のポケットをことごとく検《しら》べた。身分を証明するものは何も所持していなかった。

「不自然だな」

「何が？」

「運転免許証、身分証明書、名刺、カードのうち一つぐらいは持ち歩くもんだろうが」

「おれは危《ヤバ》い仕事をやってるんで、身分がバレるようなものは持ち歩かないことにしてるんだ」

「そういうことか。どうせ佐藤一郎も本名じゃないんだろう」

「好きに考えてくれ」

「ま、いいさ。松村の連絡先は？」

「知らないんだ。松村さんは用心深くて、吉岡殺しの依頼も『カサブランカ』でされたんだよ。半金も、その飲み屋で受け取ったんだ」

「どうやって依頼人と連絡をとってるんだ？」

「いつも松村さんが自分から、おれのプリペイド式の携帯に電話をしてきたんだよ」

「その携帯電話を出せ！」

「この病院に入る前に捨てちゃったんだ」

自称佐藤が言って、せせら笑った。

「一発喰《く》らいたいらしいな」

「あんた、ほんとに疑り深い性格だね。それじゃ、女も寄りつかないよ」

「ふざけるな」

才賀は少し後退し、大柄な男の胸と腹を交互に蹴りつけた。男は体を丸めながら、血反《ちへ》吐《ど》を撒《ま》き散らした。

「松村はどこにいる？」

「知らないんだ、ほんとに」

「おまえがシラを切りつづけるなら、一発浴びせるしかないな」

才賀は言って、引き金の遊びをぎりぎりまで絞った。

そのとき、男がスラックスの裾《すそ》からアーミー・ナイフを取り出した。不意を衝《つ》かれ、才賀は壁まで退がった。

男が立ち上がるなり、ベッドに肩から転がった。死んだ吉岡の上で一回転すると、ドアに向かった。

「止まれ！」

才賀は引き金を絞った。右脚を狙ったのだが、わずかに外してしまった。

男が病室から走り出た。

すぐさま才賀は追った。男はエレベーター・ホールとは逆方向に走り、非常口から踊り場に逃《のが》れた。

才賀は走った。非常口から飛び出すと、大柄な男は非常階段を下っていた。才賀は、また発砲した。

放った弾は手摺《てすり》に当たって、宙を舞った。才賀は懸命に追いかけたが、階段を降り切ったときには偽警官の姿は掻《か》き消えていた。

（くそったれ！）

才賀は忌々《いまいま》しかったが、深追いはしなかった。非常階段を駆け上がり、三〇七号室に戻った。拳銃をベルトの下に突っ込む。

ハンカチをポケットから出し、空薬莢をすべて拾い集めた。どれかに逃げた男の指紋が付着しているかもしれない。吉岡を射殺した犯人に前科歴があれば、身許はわかるだろう。

（吉岡さん、ずっとそばにいてやりたいが、勘弁してください）

才賀は合掌し、ベッドから離れた。何事もなかったような顔で病室を出て、エレベーターに乗り込んだ。

覆面パトカーの運転席に入ってから、彦根刑事部長に電話で病室での出来事を報告した。

「植物状態になった人間をわざわざ殺すことはなかっただろうに。惨《むご》いことをするもんだ」

「ええ、そうですね。逃げた殺し屋の雇い主がまだはっきりしませんが、そいつは吉岡さんが何かの弾みで意識を取り戻すことを恐れたんでしょう」

「そうだろうね。佐藤と名乗った犯人は、かつて四谷署にいた松村茂晴が殺しのクライアントだと言ったんだな？」

「ええ、そうです。しかし、それは一種のミスリードなんだと思います。あんなに簡単に雇い主の名を口走るのは、いかにも作為的ですからね」

「そうだな。真のクライアントをかばって、逃げた男は松村の名を出したのかもしれない」

「ええ、そうなんでしょう」

「才賀君、凶器は奪ったんだね？」

「はい。一応、空薬莢も回収しておきました。拳銃と一緒にお渡ししますので、別働隊経由で鑑識に回していただきたいんです」

「わかった。わたしも別働隊に集めてもらった関係資料を才賀君に渡さなければならないから、午後七時に竹芝《たけしば》客船ターミナルの待合室で落ち合おう」

「わかりました」

「病院のほうは別働隊の者がうまく処理してくれるはずだ。それでは、後ほどな」

彦根が電話を切った。

才賀はコルト・ディフェンダーを布でくるんでから、空薬莢と一緒にマニラ封筒に入れた。それから彼は、フォード・エクスプローラーのエンジンをかけた。

そのとき、吉岡の妻の顔が脳裏に浮かんだ。すぐに吉岡の二人の遺児の顔も頭に蘇《よみがえ》った。

（吉岡さん、遺族のことが心配でしょうが、きっと大丈夫ですよ。もちろん、おれもできる限りのことはさせてもらいます。だから、ゆっくりと眠ってください）

才賀はセレクト・レバーをＰ《パーキング》からＤ《ドライブ》に移した。

第三章　架空の重要参考人

1

才賀は竹芝桟橋《さんばし》に立って、芝浦桟橋の向こうのレインボーブリッジを眺《なが》めていた。どこか幻想的な眺望だった。

海風が心地よい。

竹芝桟橋の埠頭《ふとう》には伊豆《いず》諸島行きの客船が舫《もや》われ、隣の日の出《ひので》桟橋にはレストラン・シップが浮かんでいる。沖合に碇泊《ていはく》中《ちゅう》の貨物船の舷灯《げんとう》は、蛍火を連想させた。

あと十分で、約束の午後七時だ。

才賀はマニラ封筒を小脇に抱えながら、船客ターミナルに向かった。新島行きの便が数十分後に出航するらしく、待合室は乗船客や見送りの人々でごった返していた。

才賀は視線を巡《めぐ》らせた。彦根は隅のベンチに腰かけ、夕刊を拡《ひろ》げていた。幸いにも、その近くに人影は見当たらない。

才賀は自然な足取りで彦根のいる場所まで進み、同じベンチに腰かけた。

「お待たせしてしまって、申し訳ありません」

「謝ることはないさ。まだ約束の時刻前なんだから。例のものがマニラ封筒に入ってるんだね？」

「そうです」

「先に二人の間に置いてくれないか」

彦根が言った。才賀は言われた通りにした。すると、彦根がマニラ封筒の上に蛇腹《じやばら》の茶色い書類袋を重ねた。

「お願いした資料ですね？」

「そうだ。まず目を通してくれないか」

「わかりました」

才賀は書類袋を膝の上に置き、中身を引き出した。

三年前の美人モデル殺害事件の綴《つづ》りから読みはじめる。事件発生時記録、目撃証言記録、重要参考人の調書、真犯人の供述書と揃《そろ》っていたが、どれも写しだった。

事件簿によると、被害者の野沢香織の絞殺体を発見したのはモデル仲間の小日向真矢《こひなたまや》、当時、二十五歳となっている。その真矢が寝室で香織が下着姿で死んでいるのを発見し、一一〇番通報した。ドアは開いていたらしい。

凶器のパンティ・ストッキングに被害者の恋人である馬場信吾《ばばしんご》の頭髪が付着していたことと部屋の合鍵を持っていたことから、捜査本部は彼に任意同行を求めた。扱いは重要参考人だった。

だが、馬場の供述によって、アリバイは成立した。彼の行きつけの飲食店の従業員三人の証言によって、被害者の死亡推定時刻の午後十時から十二時の間、横浜のショット・バーにいたことが明らかになったと記述されている。第一発見者にもアリバイがあった。

その後、被害者のグラビア撮影をしたことのある芝木博司というプロの写真家が四谷署に出頭し、美人モデルを絞殺したと自供したようだ。婦女暴行を企《くわだ》てていたのだが、それを果たせなかったので、犯行に及んだと供述している。

しかし、芝木は身柄を東京拘置所に移された晩、独房で謎の自殺を遂げている。それで、事件にはピリオドが打たれた。

「重要参考人の馬場信吾のことなんだがね、実名ではないようなんだよ」

彦根が新聞の記事を読む振りをしながら、小声で告げた。

「仮名だってことですか!?」

「ああ」

「重参（重要参考人）の調書が仮名になってるなんて、前代未聞《ぜんだいみもん》です。刑事部長、何かの間違いではないんですか？」

「最初はわたしもそう思ったんだが、別働隊の者が確認したら、馬場信吾なる人物は実在しなかったらしい。本人が語った生年月日、現住所、本籍地、事業所所在地のすべてが虚偽だったそうだ」

「そんなばかな！　当然、取調官は供述の裏付《ウラ》けを取ったはずです」

「だろうね」

「ということは、誰かが故意に重参の供述書を改ざんした疑いがあるわけだな」

「そう考えるべきだろうね。馬場信吾という仮名になってる男は超大物の政治家、財界人、警察官僚の血縁者なのかもしれない。もしそうだとしたら、重要参考人が交際中の美人モデルを絞殺したんだろう。後ろ暗さがあるから、本名を隠し、調書を改ざんさせたにちがいない。別働隊の者が第一発見者に確かめたところ、重参は倉《くら》がつく姓だったそうだ」

「それだけでは正体は突きとめにくいですね。それはそれとして、写真家の芝木は身替り犯なんだろうか」

「充分に考えられるね。芝木は何か大きな見返りを交換条件にして、美人モデル殺しの罪を引っ被ったんだろう」

「しかし、罪は殺人なんですよ。傷害や交通事故の身替りってわけじゃないんです。分別のある大人がそんな軽率なことをするとは思えないな」

才賀は異論を唱《とな》えた。

「それだけ見返りが大きかったんだろう。たとえば、芝木の家族が一生遊んで暮らせるだけの巨額の謝礼を貰《もら》う約束ができてたとかね。芝木が写真家として、どの程度の活躍をしてたかわからないが、かつかつの生活をしてたんだったら、金の魔力には負けてしまうんじゃないだろうか」

「そうなんでしょうか」

「あるいは、芝木はどうせ自分の容疑はそのうち晴れると楽観してたのかもしれないね。そうか！　写真家が身替り犯になったのは、真犯人を国外逃亡させるまでの時間稼ぎだったとも考えられるな。才賀君、どう思う？」

「それなら、リアリティがありますね。公判が開始されるまで、ある程度の日数を要します。その間に真犯人は海外に高飛びして、どこかで整形手術を受け、顔を変えてしまう。そうすれば、現地で潜伏生活もできるでしょうからね」

「ああ。しかし、芝木は事がそううまく運ばないことを知って、東京拘置所で前途《ぜんと》を悲観し、自ら命を絶ってしまったんじゃないのかな？」

「そうなのかもしれません」

才賀は言って、関係資料に次々に目を通した。

美人モデル殺人事件には、警視庁捜査一課の刑事十二人と四谷署刑事課の十八人が投入された。

「その事件《ヤマ》の捜査に当たった四谷署の五人が特捜本部が解散されてから、一年半以内に警察官を辞めてる。青梅署に飛ばされた松村を筆頭に、地取り捜査を担当してた垂水勉《たるみつとむ》、関達男《せきたつお》、緒方進《おがたすすむ》、佐竹貞彰《さたけさだあき》の四人が依願退職してるんだ。ただの偶然と片づけるわけにはいかないよな？」

「ええ、そうですね」

「別働隊の者に松村の部下たちの転任先でのその後を調べてもらったんだよ。垂水はスナックでチンピラをぶん殴って、傷害罪で現行犯逮捕されてた。関は人妻になりすました街娼に引っかかって、緒方は薬物を隠し持ってたということで、依願退職を迫られたようだ」

「緒方は覚醒剤《シャブ》をやってたんですか？」

「本人は無実だと言い張ってたらしいが、職場のロッカーに十数包のパケを入れてたとかで、辞表を書かされたという話だ。佐竹のロッカーには、大量のブラジャーやパンティが入ってたらしい。それらは近くの団地のベランダから盗まれたものと判明し、佐竹も職場を追われることになったそうだ」

「四人とも仕組まれた罠に引っかかってしまったんじゃないのかな?」

「その可能性はありそうだね。松村たち五人が美人モデル殺害事件の地取り捜査に携《たずさ》わってたことを考えると、警察から追放することが狙いだったのかもしれない」

「刑事部長、自分もそう思いました。三年前、外部から特捜本部に圧力《アツ》がかかって、警察上層部はモデル殺しの事件の捜査を早く打ち切ろうとしたんじゃないですかね? 松村たち五人は、それに強硬に反対した。だから、都下の所轄署に飛ばされたり、犯罪者に仕立てられたとは考えられませんか?」

「松村たちはまともな会社に再就職できなくて、それぞれがフリーターのような暮らしをしてきた。そのことを考えると、才賀君が言ったこともうなずけるね。ふつうの依願退職なら、警察OBのいる警備保障会社、運送会社、土木会社、倉庫などに再就職できるもんだ」

「そうですね。別働隊のスタッフも、松村の居所までは調べられなかったろうな」

「才賀君、彼らはプロ中のプロだよ。松村が今月の二月に高田馬場《たかだのばば》に防犯グッズの店を開いて、店の二階に住んでることを突きとめてくれたんだ」

「それはありがたいな。店の名は?」

「『ピース商会』だったかな。早稲田《わせだ》通りに面してて、明治通りの少し手前にあるらしいよ」

「そうですか。垂水たち四人の部下も、松村とは連絡をとってそうだな。松村は企業恐喝で店の開業資金を捻出《ねんしゅつ》して、四谷署時代の部下たちにも生活費を回してるのかもしれませんからね」

「松村もそうだが、元四谷署の署長で現在は自動車教習所の相談役に収まっている重森鎮夫《しげもりしずお》もマークすべきだね。美人モデル殺害事件に外部から圧力がかかったとすれば、三年前に署長だった重森が何も気づかないわけはない」

「ええ、そうですね」

「元署長に関するデータもファイルしてあるよ」

「何から何まで、申し訳ありません。そのうち報奨金で別働隊の面々を一流料亭に招待しますよ」

「借りを返したいという気持ちはわかるが、きみが彼らと直《じか》に接触することは厳禁だ。才賀君が致命的なミスをして超法規捜査のことが露見した場合は、あの連中がきみを追い込むことになってる。だから、面が割れると、何かと都合が悪いんだよ」

「情報収集スタッフが刺客《しかく》に早変わりってわけですか」

「まあね」

「とんでもない汚れ役を引き受けてしまったな」

「そうは言いながら、きみは結構、極秘任務を愉《たの》しんでるんじゃないのかね？　一千万の賞金も魅力があるんだろうが、現職の刑事が自由に銃器を使えて、必要なら、あらゆる犯罪も認めてもらえる。わたしも二十歳若かったら、きみと代わりたいぐらいさ」

「楽そうに見えるでしょうが、囮刑事《おとりデカ》は常に危険と背中合わせですから、気の休まるときがありませんよ」

「そういうときは、女性に癒やしてもらうんだね。さて、わたしは行くよ」

彦根が夕刊を折り畳み、マニラ封筒と一緒に小脇に抱えた。

才賀は坐ったまま、刑事部長を目で見送った。資料にもう一度目を通してから、腰を上げる。いつの間にか、待合室の人影は疎《まば》らになっていた。乗船手続きがはじまったのだろう。

才賀は乗船ターミナルを出ると、覆面パトカーに乗り込んだ。

芝大門のレストランでステーキを食べてから、高田馬場に向かった。『ピース商会』を探し当てたのは、九時過ぎだった。

店のシャッターは下り、二階の窓は暗かった。松村は外出しているようだ。

(少し張り込んでみよう)

才賀は車のヘッドライトを消し、背凭《もた》れに上体を預けた。

防犯グッズの店の隣のアクセサリー・ショップの扉は真紅だった。どうしても吉岡の血糊を思い出してしまう。急いで視線を外した。

（吉岡さんを早く成仏させてやらないとな）

才賀はヘッドレストに頭を密着させた。

2

夜が更けた。

間もなく十一時半になる。松村は、今夜は他所《よそ》に泊まるつもりなのか。

才賀は欠伸《あくび》を嚙《か》み殺した。

その直後、懐で携帯電話が震えた。才賀はセルラー・テレフォンを摑み出した。発信者は彦根だった。

「少し前に、鑑識の結果が出たよ。コルト・ディフェンダーと空薬莢には、きみの指紋と掌紋《しょうもん》しか付着してなかったそうだ」

「そうですか。犯人は手袋は嵌《は》めてなかったから、指の腹と掌《てのひら》全体に透明なマニキュア液を塗ってたんでしょう。そうしておけば、吉岡さんを射殺した男の指紋も掌紋も検出されませんからね」

「昨夜の高円寺の犯行時には、凶器に袋掛《バギング》けしてた可能性がある。そこまで用意周到なのは、逃げた大柄な男に犯歴があるからなんだろう」

「刑事部長、そうとは限らないのではないでしょうか。警察庁の大型コンピューターに登録されてるのは、前科者の指紋《モン》だけではありません」

「そうだね。警察関係者、自衛官、海上保安官、麻薬取締官などのほかに民間のパイロットたちの指紋も登録されてる。だから、吉岡刑事を殺した犯人が前科者と思い込むのはよくないね。元自衛官とか傭兵《ようへい》崩れということも考えられるからな」

「ええ。奴の正体が何者であれ、人を殺したことは初めてではないんでしょう。冷徹でしたし、警官に化ける悪知恵もありました」

「制服はどうだったんだね？　本物だったのかな？」

「自分の目には本物の制服に見えましたが、ポリス・グッズの店で本物そっくりの制服が売られてるようですから……」

「本物だったとは断定できないか」

「ええ、残念ながら」

「逃亡中の男は松村茂晴に吉岡殺しを頼まれてたと言ってたらしいが、そのことはもう確認してみたのかな？」

「まだです。いま現在、松村が経営してる防犯グッズの店の斜め前で張り込み中なんですが、当の本人は外出してるようなんですよ」

「そうか。きみが言ってたように、依頼主が松村だというのは嘘臭いが、念のため、確かめといたほうがいいだろう」

「そうします」

才賀は通話を切り上げた。

携帯電話を上着の内ポケットに戻したとき、『ピース商会』の前で、二人の男が立ち止まった。片方は四十一、二で、もうひとりは三十代の半《なか》ばに見えた。若いほうの男は、ビニールの手提《さ》げ袋を持っていた。

才賀は二人の男から目を離さなかった。

四十年配の男が屈《かが》み込んで、シャッターのロックを解除した。元刑事の松村だろう。シャッターが半分ほど押し上げられた。二人の男は店内に消えた。すぐに四十絡《がら》みの男がシャッターを下ろした。

才賀はグローブ・ボックスの中から先にグロック26を取り出し、ベルトの下に差し込んだ。さらに超小型盗聴器を摑み出し、懐の中に入れた。

それは、俗に〝コンクリート・マイク〟と呼ばれているものだ。集音マイクはチップ型で、受信機にはイヤフォンが接続している。

才賀は覆面パトカーから出て、ガードレールを跨《また》いだ。『ピース商会』とアクセサリー・ショップの間は、六十センチほど空いている。アクセサリー・ショップの軒灯《けんとう》は消えていた。

才賀は狭い隙間《すきま》に入り、上着の内ポケットから超小型盗聴器を取り出した。受信機を胸ポケットに滑り込ませ、イヤフォンを片方の耳に押し込む。

才賀は左右を見てから、『ピース商会』のモルタル塗りの外壁に集音マイクを密着させた。

周波数が合うと、男同士の会話がはっきりと耳に届いた。

「生田の奴、二千万のキャッシュの入った手提げ袋を差し出したとき、実に忌々《いまいま》しそうでしたね」

「そうだったな」

「どうせなら、松村さん、奴に五千万円ぐらい要求すればよかったのに。生田は弱みだらけですからね。リート・ビジネスでも詐欺《さぎ》罪は成立するはずだし、ほかにもいろいろ危《ヤバ》いことをしてるんですから」

「佐竹、おれたちは単なる強請屋《ゆすりや》に成り下がったわけじゃないんだぜ。そのことを忘れるな」

「忘れてませんよ。おれは埼玉県に近い所轄署の交通課に転任させられて、その上、下着泥棒の汚名まで着せられたんですから」

「そうだったな」

「おれのロッカーに団地のベランダから盗んだブラジャーやパンティをどっさり突っ込ん

だのは、署の人間に決まってる。結局、おれを変態男に仕立てた犯人は見つけ出せませんでしたけどね」

「緒方も似たような手口で、覚醒剤常習者に仕立てられたんだったな。見つかったパケは、署内にあった押収品にちがいない」

「絶対にそうですよ」

「垂水も関も巧妙に仕組まれた罠に引っかかって、辞表を書かされる羽目《はめ》になってしまった」

「おれは辞表を書きながら、つい悔《くや》し涙を零《こぼ》してしまいましたよ。理不尽《りふじん》な思いをさせられたわけだから、ほんとうに腹が立ちました」

「当然だよ、それは。といって、尻《けつ》を捲《まく》ったら、おまえは下着泥棒にされて、懲戒免職になってたろう」

「とことん闘うべきだったのかもしれないな。おれは婚約者に誤解されたくなくて、渋々、依願退職したんです。それなのに、署の偉いさんはわざわざ婚約者にロッカーの下着の件を告げ口しやがった」

「おまえのフィアンセは呆《あき》れて、婚約破棄《はき》を申し入れてきたんだったな？」

「ええ、そうです。おれの言葉を信じられなかった女には、別に未練なんかないですよ。でもね、プライドが傷つきました」

「わかるよ、佐竹。おまえだけじゃなく、垂水、関、緒方も島流しにされた所轄署で疎外《そがい》され、おまけに卑劣な罠に嵌められてしまった。それで、あいつらも辞表を書かざるを得なくなった」

「依願退職させられただけなら、まだ我慢もできます。圧力に屈した奴らは、おれたちの再就職も邪魔したんです」

「そうだったな。途中入社しようとした会社の人事担当者に犯罪行為で職場を追われたなんてリークするのは、ひどすぎる」

「腰抜けどもは権力者に逆《さか》らったら、自分が左遷《させん》されると思って、言いなりになったんですよ」

「公務員になるような人間は、もともと保身本能が強い。それにしても、警察官が平気で正義に背を向けるようじゃ、世も末だな」

「臆病な点取り虫たちを一列に並べて、機関銃で撃ち殺してやりたい気持ちです」

「おれも、そうしたいと思ってるさ。しかし、そういう子供っぽい仕返しはしたくない。屑《くず》みたいな連中のために死刑になるのはばかばかしいからな」

松村が言った。二人とも酔っているようだが、呂律《ろれつ》は怪しくなかった。

「ええ、それはね」

「おれは自分なりの正義を貫《つらぬ》きたくて、三年前に重森鎮夫と対立した。おまえたち四人の部下が同調してくれたのは心強かったよ。しかし、おれたちの願いは握り潰《つぶ》され、陰湿な厭《いや》がらせがはじまった」

「ええ、さんざん不快な思いをさせられたな。飛ばされた先では交通課に配属されて、来る日も来る日も駐車違反の取り締まりでした。もちろん、そういう公務も大事です。必要な仕事ですよ。だけど、おれはずっと刑事課にいた人間です。取り締まり件数が少ないからって、無能扱いすることはないでしょうが」

佐竹という男が喚《わめ》いた。

「部下のおまえたちの人生設計を狂わせてしまったのは、このおれだ。四人には、心から申し訳ないことをしたと思ってる」

「松村さん、その話はもうやめましょうよ。おれたち四人は自主的に松村さんと足並を揃えたんです。同調することを強《し》いられたわけじゃありません。だから、松村さんが自分を責めることはないんです」

「佐竹、ありがとう。そう言ってもらえると、ほんの少し気持ちが楽になるよ」

「その代わりってわけじゃないけど、松村さん、春先におれたち五人で誓い合ったことは必ず実行しましょうね」

「もちろん、やるとも。おれたちの居場所を奪った奴ら全員に罠を仕掛けて、同じような目に遭《あ》わせてやる」

「目には目を、歯には歯ですね。連中を社会的に葬《ほうむ》ることができたら、気分がすっきりするだろうな」

「ああ」

「問題は軍資金ですね。松村さんは親類から借り集めた金でこの店を開業したけど、ほとんど儲かってないんでしょ？」

「毎月、赤字だよ」

「建設作業員をやってるおれはその日暮らしだし、緒方たち三人も金銭的な余裕はない。生田から今夜、二千万円をせしめたけど、それだけじゃ、報復の軍資金は足りないでしょう？　おれたちの犯行とわからないように復讐するには、罠の仕掛け人たちを雇わなければならない」

「そうだな」

「協力者たちを安く雇ったりしたら、バックにおれたちがいることを誰かに漏《も》らすかもしれません。多めに金を渡さないと、裏切り者が何人も出るような気がするんですよ」

「それは考えられるな。しかし、あまりたくさん金を渡したら、もっと無心される恐れがあるぜ」

「それにしても、軍資金が二千万円じゃ少ないと思うな。明日にでも、生田に三千万を追加要求しませんか？」

「佐竹、それはちょっと考えものだな。生田の用心棒《ケツモチ》は住川会だし、例の怪物とも縁が深いんだ」

「生田を怒らせたら、逆襲されるかもしれない？」

「ああ、そういうことになるだろうな」

「だったら、元四谷署の署長の重森に罠を仕掛けましょうよ。重森は六十過ぎだが、いまも女好きだから、美人局《つつもたせ》に引っかかると思うな。署長時代も交通課の婦警を愛人にしてたんですから、うまくいくでしょう」

「重森を脅して、仕返しの軍資金を調達する。そいつは、ちょっと面白いな」

「重森が顧問だか相談役をやってる大塚の自動車教習所の女性事務員でも金で抱き込んで、協力してもらいますか？」

「その手はどうかな？　いくら好色な重森だって、停年後に得た職場に居づらくなるようなことはしないんじゃないか。何かで不倫が発覚したら、アウトだからな」

「それじゃ、高級娼婦を使って、重森をホテルに誘い込ませますか。で、その女に情事の一部始終をビデオで盗み撮《ど》りさせる」

「使い古された手口だね。重森に怪しまれそうだな。六十過ぎのおっさんが若い女に逆ナンパされたら、何か裏があると勘繰《かんぐ》るだろうが？」

「そういう疑いを少しは持つでしょうが、スケベなおっさんは若い女とナニしたい一心で、つい警戒心を緩《ゆる》めるんじゃないのかな？」

「そうだろうか」

「多分、引っかかってくれるでしょう。で、女のヒモに扮《ふん》した組員風の男が登場して、重森を脅す。古典的な手口だけど、重森はある程度の金を出すと思いますよ。自分のみっともない姿をビデオに撮られてたら、元署長も手の打ちようがないでしょうからね」

「どうせなら、ヒモ役の男に重森の自宅を訪ねさせて、同居してる息子夫婦に淫《みだ》らな画像を観《み》させよう」

「そっちのほうが面白そうだな。よし、それでいきましょう。それで、盗聴ビデオはいくらで譲ってやります？」

「署長時代に浮かせた捜査協力費を懐に入れてたはずだから、三千万は奪《と》れそうだな」

「重森は退職金にはほとんど手をつけてないでしょうから、五千万は毟《むし》れますよ」

「高額だな」

「松村さん、何を言ってるんですかっ。重森のおかげで、おれたち五人は冷や飯を喰《く》わされたんですよ。その揚句《あげく》、依願退職に追い込まれたんです。同情なんかすることありませんよ」

「確かに重森は外部の圧力に屈して、おれたち五人を島流しにした。わが身のことしか考えない男だったよな。しかし、重森は小物《こもの》に過ぎない。おれたちが憎むべき敵は警察官僚と例の超大物だよ」

　松村が言った。

（三年前の美人モデル殺害事件には、誰か有資格者《キャリア》が関与してたのか。馬場信吾という架空の重要参考人は警察官僚の甥《おい》か何かだったのかもしれないな）

　才賀は一瞬、そう考えた。だが、すぐにその直感は萎《しぼ》んだ。

　松村たちの話の流れだと、謎の超大物が警察に何らかの圧力をかけたと思われる。警察官僚は実力者に協力しただけなのだろう。

「村松さんの言った通りですけど、五人の署員を斬り捨てた重森の罪は大きいですよ。あいつが侍《さむらい》だったら、外部の圧力には屈しなかったはずです。時代がかった言い方ですが、本来なら署長は親みたいな存在でしょ？　それなのに、われわれ五人の子供を見殺しにしやがった」

「誰も、わが身が一番大切なんだよ」

「松村さんは、小狡《こずる》い重森をかばうんですかっ。おれ、面白くないな。いまになって、ヒューマニストぶらないでくださいよ。青梅署に追いやられたとき、松村さんは重森を殺してやるとまで言ってたはずです。そのこと、忘れちゃったんですか？」

「忘れちゃいないさ。しかし、あれから二年半も経《た》ってる。その間に少しは冷静さを取り戻したってことさ。気骨のない重森には、いまも憤《いきどお》りを覚えてる。もちろん、軽蔑《けいべつ》もしてるさ。しかし、重森もある意味では羊なんだよ。権威とか権力を無視できない小心者なんだ」

「そんな話、もうやめてください。松村さんが善人ぶるなら、おれ、チームから脱《ぬ》けますよ。そして、個人で重森を処刑して自首します」

「そんなことして、いったい何になる？　佐竹、頭を冷やせ！」

「松村さんがおかしなことを言い出すから……」

「おれも重森は憎いが、所詮《しょせん》は小悪党さ。大悪党は巨大な権力で警察の手足を奪った奴だろうが。おれたちの最終の敵は、その超大物だったはずだ」

「敵は大物も小物も、ひとり残らず懲《こ》らしめるべきですよ。重森は小物でしょうけど、同情の余地なんかありません。こんなふうに考え方が違ってきたら、チーム・ワークが乱れそうだな。そう思いませんか？」

「うむ」

「さっき松村さんが言ったことを緒方たちが聞いたら、一様《いちよう》に失望するでしょうね。おれたち五人はまっとうな捜査を望んだだけなのに、それぞれが理不尽な思いをさせられた。だから、奴らに報復する気になったんじゃありませんか。松村さん、そうでしょ？」

「そうだったな」

「だったら、おれたちは徹底的に敵を憎むべきですよ。復讐の原動力は、烈《はげ》しい憎悪です。敵に同情や哀《あわ》れみを持ったら、仕返しなんかできません」

「佐竹の言う通りだな。おれは甘ちゃんだったよ。重森は羊なのかもしれないが、邪悪さを秘めてるからな。狡《ずる》くもある」

「わかってくれましたか」

「ああ。佐竹、重森に罠を仕掛けて、五千万を脅し取ろう」

「ええ。きょうの二千万は、この店の運転資金に回しましょう。ほかの三人も異論はないはずです」

「佐竹、それはまずいよ。おまえたち四人も安い賃金で懸命に生活費を稼いでるんだ。おれだけが軍資金の一部で、ここの赤字を埋めるなんてことはできない」

「やっぱり、松村さんは漢《おとこ》ですね。おれ、改めて惚れ直しましたよ」

「なんだよ、急に持ち上げたりして。そうか、缶ビールの催促《さいそく》なんだな。いま、持ってくるよ」

松村が椅子から立ち上がる気配が伝わってきた。佐竹が笑って、煙草に火を点《つ》けた。

少しすると、松村が戻ってきた。

「缶ビールはあと五、六個あるから、遠慮なく飲《や》ってくれ」

「はい、いただきます。話は違いますが、渋谷署の知り合いの刑事が高円寺の裏通りで何者かに撃たれたと言ってましたが、その後、どうなりました？」

「吉岡のことだな。午後七時のテレビ・ニュースによると、あいつは警察病院の病室で何者かに射殺されたらしい。マスコミ報道だと、吉岡は植物状態だったようだ」

「犯人は、とどめを刺したかったんでしょうね？」

「そうなんだと思う。吉岡とは警察学校で親しくなって、ずっとつき合ってきたんだ。しかし、青梅署を辞めてからはなんとなく会いにくくなって、一年半以上も吉岡と接してなかったんだよ」

「そうだったんですか」

「こんなことになるんだったら、つまらない競争心なんか棄《す》てて、吉岡と会っとくべきだったよ。おれは四谷署にいられなくなってから妙な引け目を感じて、吉岡を敬遠するようになってしまったんだ。職階は同じなんだが、あいつは渋谷署勤務で、こっちは青梅署だからな」

「松村さんの気持ち、よくわかりますよ。おれも足立区の小さな所轄署に飛ばされたときは、同期の連中と顔を合わせたくなかったもんな」

「それほど出世には拘《こだわ》ってなかったんだが、都下の警察署はマイナーだという意識を持ってしまう。しかし、そんなことに拘った自分が愚《おろ》かだったよ。親友とも言える吉岡が殺されるような事態に陥《おちい》ってたことも知らなかったし、なんの力にもなってあげられなかった。おれは友達甲斐《がい》のない男さ」

「あれっ、涙ぐんでるんですね」

佐竹が驚きの声をあげた。

「あいつが生きてるうちに、見舞いに行くべきだったよ。なぜ、そうしてやらなかったんだろうか。なんとなく現職警官には会いたくないという気持ちを優先させてしまったんだ」

「こういう言い方はクールすぎるかもしれないけど、もう吉岡という男性《ひと》は意識がなかったんでしょ？　もし松村さんが見舞いに行ったとしても、本人はそれがわからないわけだから……」

「無駄だったろうと言いたいんだな？」

「ええ、まあ」

「佐竹、気持ちの問題だよ。吉岡に何か非《ひ》があったわけじゃないのに、おれはおかしな引け目を感じて、わざとあいつと会わなかった。まだ生きてる吉岡に直《じか》にそのことを詫《わ》びておきたかったんだ。むろん、あいつにおれの姿が見えるわけではないし、この声が聞こえるわけでもない。しかし、そうしておくべきだったよ」

「大切な友達だったんですね？」

「ああ、あいつとは一生つき合いたいと思ってた。しかし、もう吉岡には二度と会うことはできなくなってしまった」

「せめて弔問《ちょうもん》に訪れたら？」

「それはできない」

「なぜなんです？　親しい友人だったんでしょ？」

「ある目的のためとはいえ、おれは犯罪に手を染めた人間だ。生田から二千万円を脅し取った事実は消せない。あいつは、吉岡は後ろ暗いことは何ひとつとしてやってないと思う。まともな刑事として、生涯を終えたはずだ」

「そうでしょうね」

「これからも犯罪を重ねようと考えてるおれがどの面《つら》下げて、吉岡を弔《とむら》えばいいんだ？　おれが通夜や告別式に列席したら、故人を穢《けが》すことになるじゃないか。だから、行きたくても行けないんだよ」

松村が呻くように言い、喉を軋《きし》ませた。高笑いに似た泣き声が響いてきた。佐竹が何か慰《なぐさ》めの言葉をかけたが、あいにく聞き取れなかった。

（吉岡さんを射殺した男は殺しの依頼人は松村だと言ってたが、やっぱり、あれは嘘だったな）

才賀はイヤフォンを外し、集音マイクを外壁から離した。

3

運転席のドアを閉めた。

ちょうどそのとき、『ピース商会』の前に三十四、五のスポーツ刈りの男が立った。

（客じゃないだろう。いったい何者なのか）

才賀は助手席側のパワー・ウインドーを十センチほど下げた。

「松村さん、自分です。緒方です」

男がシャッターを拳《こぶし》で叩きながら、大声で告げた。応答の声がし、すぐにシャッターが押し上げられた。

緒方と名乗った男が中腰になって、シャッターの下を潜《くぐ》った。

しかし、スポーツ刈りの男は一分もしないうちに店の外に出てきた。彼はペンライトを高く翳《かざ》し、幾度か点滅させた。

すると、覆面パトカーの数十メートル先の路肩《ろかた》に寄せられている黒いワンボックス・カーから三人の男が飛び出してきた。いずれも、やくざっぽい風体《ふうてい》だった。

（『東京ファンドエステート』の社長の生田に雇われた連中かもしれない。そうだとしたら、二千万円を取り返しに来たんだろう。緒方という奴は、松村たちを裏切ったのか）

才賀はスポーツ刈りの男を注視した。男は三人組に何か合図を送ると、明治通り方向に走りだした。緒方が三人組を手引きしたことは、もはや疑いの余地はない。柄の悪い三人が相前後して、『ピース商会』の中に躍《おど》り込んだ。先頭の男は大型のリボルバーを手にしていた。コルト・パイソンだろう。才賀は車を降りかけて、すぐに思い留《とど》まった。もう少し成り行きを見守るべきだと判断したのである。

店内で、怒声がした。人が揉《も》み合う音も響いてきた。騒ぎは、じきに収まった。松村と佐竹がそれぞれ暴力団関係者と思われる男に片腕を掴まれながら、店から連れ出された。どちらも、腰のあたりに拳銃の銃口を押し当てられている。少し遅れて、リボルバーを持った男が姿を見せた。ビニールの手提げ袋を重そうに胸に抱えている。(やっぱり、三人組は生田に頼まれて、二千万円を回収に来たんだな。松村と佐竹を拉致《らち》させたのは、とことん痛めつけるためだろう)

才賀は外に飛び出したい衝動をぐっと抑《おさ》えた。

松村と佐竹は、ワンボックス・カーの最後列のシートに押し込まれた。三人組も車内に乗り込んだ。

ワンボックス・カーは急発進した。

才賀は少し間《ま》を取ってから、尾行しはじめた。ワンボックス・カーは早稲田通りを上落合《かみおち》方面に進み、やがて環八《かんぱち》通りに入った。

（関越《かんえつ》自動車道に入るんだろうか）

才賀は慎重にワンボックス・カーを追尾《ついび》した。ワンボックス・カーのナンバーを思い出しながら、端末を操作する。

前を走るワンボックス・カーは、盗難車だった。前夜、板橋《いたばし》区内の路上で盗まれ、きょうの午後一時過ぎに持ち主から盗難届が出されていた。

（どうやら生田は最初っから脅し取られた二千万を回収させる気だったらしいな。リート・ビジネスの弱みだけで、裏経済界で暗躍してた男がすんなり二千万も出すだろうか）

才賀はステアリングを操《あやつ》りながら、じっくりと考えてみた。

生田には、ほかに大きな弱みがあるにちがいない。脅迫者が松村たちであることを考えると、生田の秘密は三年前の美人モデル殺害事件と何か関連があるのだろう。

さきほど〝コンクリート・マイク〟で盗み聴きした松村と佐竹の遣《や》り取りを頭の中で反《はん》芻《すう》してみる。

事件発生時、四谷署の署長は重森鎮夫という人物だった。その重森は警察上層部や大物実力者の圧力に抗しきれずに、事件をうやむやにしたままで捜査を打ち切ったと思われる。むろん、所轄署の署長が独断で特別捜査本部を解散することなどできない。重森は警視庁の意向に従っただけなのだろう。

松村たち五人は、捜査の打ち切りに不満を懐《いだ》いた。彼らは地取り捜査で、犯行を認めた写真家の芝木博司の供述には矛盾《むじゅん》があると感じていたのかもしれない。

それで、松村たちは重森に捜査の続行を願い出たのだろう。だが、それは聞き入れられなかった。松村たちは非公式に美人モデル殺害事件の解明を試《こころ》みようとしたのではないか。

それを察知した重森は、警察官僚にこっそり報告したのだろう。相手は謎の超大物の機嫌を損《そこ》ねさせたときのデメリットを考慮し、事件捜査の続行を強く望んでいる松村たち五人を所帯の小さな警察署に飛ばし、士気《しき》を殺《そ》ごうとしたのではないか。

それだけでは、まだ不安が残る。そこで警察官僚は松村たち五人に濡れ衣を着せ、依願退職を強要したのだろう。署長だった重森は重要参考人の正体をぼかす必要に迫られ、捜査に関する報告書や調書を署員の誰かに改ざんさせたのではないか。

馬場信吾と調書に記述された重要参考人は、実在しなかった。そこまで糊塗《こと》しなければならない理由は、たったの一つしか考えられない。正体不明の重要参考人がモデルの野沢香織を絞殺したのだろう。

真犯人と思われる男は、謎の超大物と密接につながっているはずだ。生田は何か打算に衝《つ》き動かされ、芝木が四谷署に留置中に馬場信吾の仮名で記述された事件の重要参考人を国外に逃亡させたのだろうか。

裏経済界で生きてきた生田なら、密出国の段取りもつけられるだろう。偽造ビザも、たやすく入手できるにちがいない。

松村たちは、そのことを恐喝材料にしたのではないか。

殺された渋谷署の吉岡は親しくしていた松村から、四谷署の不自然な捜査のことを聞いていたのかもしれない。青梅署に移った松村は依願退職し、自分から遠ざかってしまった。

吉岡は、投げ遣《や》りになった松村が堕落《だらく》することが心配になったのではないか。そして、彼は密かに松村の行動を探っていたのではあるまいか。

警察庁の戸浦監察官は急に金回りのよくなった吉岡をマークしていて、意外な事実を知った。それは、吉岡が三年前の美人モデル殺害事件を非番の日に単独で洗い直していることだった。

戸浦も、同じ事件に興味を持ちはじめた。それを知った重森は慌《あわ》てて、警察上層部に伝えた。監察官は、悪徳警官摘発のプロだ。渋谷署の生活安全課にいる吉岡刑事よりも、はるかに厄介《やっかい》な存在だろう。

事件の真相を暴《あば》かれることを恐れた謎の超大物は先に戸浦監察官を亡《な》き者にし、その後、吉岡も抹殺させたのではないか。

これまでの経過から、そんなふうに推測できる。しかし、まだ物証は得ていない。（焦《あせ》っても仕方がない。粘り強く単独捜査をつづけてれば、そのうち何かが透けてくるだろう）

才賀は黒いワンボックス・カーを追いつづけた。

思った通り、マークした車は関越自動車道の下り線に入った。才賀も覆面パトカーをハイウェイに進めた。

深夜とあって、車の量は少ない。不用意に車間距離を詰めるのは危険だ。才賀は、ぎりぎりまで車間を空けた。

ワンボックス・カーは寄居《より》S《いサービス・エリア》Aに寄った。

才賀も覆面パトカーをサービス・エリアに入れ、ワンボックス・カーから五、六台離れた場所に駐《と》めた。そのすぐあと、佐竹が見張りの男とともに車を降りた。

二人は手洗いに向かった。

才賀はグローブ・ボックスの奥から磁石《じしゃく》式の電波発信器を取り出し、静かに車を降りた。車と車の間を擦《す》り抜け、腰を屈めたままの姿勢で黒いワンボックス・カーの背後に回り込む。

息を殺して、数十秒待った。ワンボックス・カーから降りてくる者はいない。

才賀はリア・バンパーの下に手を突っ込み、電波発信器を装着させた。文庫本よりもやや小さい。

特別仕様の覆面パトカーには、警察無線のほかに高性能車輛《しゃりょう》追跡装置が搭載《とうさい》されていた。アンテナは全方向型だ。十キロ圏内なら、被尾行車輛の位置を正確に捕捉《ほそく》してくれる。ディスプレイは、カー・ナビゲーションと酷似していた。

ワンボックス・カーが未舗装の山道を長時間走っても、マグネット・タイプの電波発信器が剝《は》がれ落ちるようなことはない。才賀は中腰で、エクスプローラーに戻った。

煙草に火を点けたとき、佐竹たち二人が戻ってきた。見張りの男の表情は険《けわ》しかった。便所の中で、佐竹は男の拳銃を奪おうとしたらしい。見張りの男を人質にして、松村を救い出そうとしたようだ。

二人がワンボックス・カーに乗り込んだ。

才賀は、ふたたびワンボックス・カーを追跡しはじめた。松村たちを乗せた車は右のレーンを高速で走り、新潟県の湯沢ＩＣ《ゆざわインターチエンジ》で降りた。国道十七号線を数キロ北上し、高津倉山の北麓に回り込んだ。

（三人組は松村と佐竹を山の奥で殺す気でいるんだろうか）

才賀は、車輛追跡装置のディスプレイに目をやった。ワンボックス・カーは視界から消えていたが、現在地ははっきりとわかった。

山道を三十分ほど行くと、急に発光ダイオードの光点が消えた。

ワンボックス・カーが大きくバウンドしたとき、運悪く電波発信器が大きな石にでも当たって転げ落ちてしまったのか。そうではなく、三人組に尾行を覚《さと》られたのか。

才賀はヘッドライトを消し、スモール・ライトを点けた。低速で直進していく。

数百メートル行くと、前輪が何かを踏み潰《つぶ》した。

才賀は覆面パトカーを停止させた。車を降り、タイヤとタイヤの間を覗き込む。ひしゃげた電波発信器が転がっていた。

（どうやらバウンドした弾みに落ちたらしいな。こんなことは初めてだ。しかし、敵に気づかれなかったようだから、ま、いいか）

才賀はエクスプローラーに乗り込み、また車を走らせはじめた。

しばらく道なりに進むと、重い銃声が夜の静寂をつんざいた。才賀は車を切り通しの端に寄せ、外に飛び出した。

グロック26の安全装置を外し、山道を突っ走った。

二百メートルあまり先に、ワンボックス・カーが停まっている。ヘッドライトは灯《とも》っていたが、車内に人のいる気配はうかがえない。

山道から少し横に逸《そ》れた草の上に誰かが倒れている。男のようだ。

才賀は、そこまで駆けた。ライターの炎で、足許を照らす。

仰向けに倒れていたのは、佐竹だった。顔半分が銃弾で弾き飛ばされていた。近くの草の上には、肉片と血糊が散っている。

微動だにしない。息絶えていることは明白だった。

左手の林の奥で、点のような光が揺れている。懐中電灯の光だろう。

三人組は、逃げた松村を追っているにちがいない。才賀は、ワンボックス・カーのホーンを高く鳴らした。

追っ手のうちのひとりぐらいは引き返してくるだろう。才賀は警笛を長く轟《とどろ》かせてから、繁みの中に身を潜《ひそ》めた。ワンボックス・カーから十数メートル離れた場所だった。

林の奥で、またもや銃声が響いた。重い銃声だった。コルト・パイソンの発砲音だろう。

才賀はオーストリア製のコンパクト・ピストルのスライドを引いた。

初弾が薬室《チェンバー》に送り込まれた。かすかな音だったが、はっきりと聞き取ることができた。

数分すると、灌木《かんぼく》を踏みしだく足音が耳に届いた。男の荒い息遣《づか》いも聞こえた。

才賀は闇を凝視《ぎょうし》した。

目が暗さに馴《な》れると、自分の方に走ってくる人影が見えた。頭をつるつるに剃《そ》り上げた二十八、九の男だった。

右手に拳銃を握っている。型《タイプ》までは見えなかった。

才賀は剃髪頭《スキン・ヘッド》の男を充分に引き寄せてから、膝《ひざ》を発条《ばね》にして体当たりした。相手が短く叫んで、草の上に転がった。

才賀は左足で男の右腕を踏みつけ、右の膝頭で胸板を押さえ込んだ。グロック26の銃口を相手の眉間《みけん》に押し当て、右手からノーリンコ54を奪う。

ノーリンコ54は、中国でパテント生産されたトカレフだ。デザインは旧ソ連製と変わらない。中国が輸出用に大量生産したもので、アメリカで格安に売られている。

「生田克彦の命令で、松村と佐竹を拉致したんだな？　住川会系の組員なんだろ？」

「あんた、誰なんでえ？」

「撃たれたくなかったら、おれの質問におとなしく答えな」

「おれが足《ゲソ》つけてんのは、小柴《こしば》組だよ」

「小柴組といったら、稲森《いなもり》会系の二次団体じゃねえか。往生際《おうじょうぎわ》が悪いぜ。生田のバックは住川会なんだ」

「誰なんだよ、生田って？」

「そこまで、空とぼける気か。世話を焼かせやがる」

「おれは、ほんとに小柴組の者だよ」

スキン・ヘッドの男が言った。

才賀はノーリンコ54の銃身を男の口の中に突っ込み、照準《サイト》で前歯を折った。相手は欠《か》けた歯を喉に詰まらせ、顔を横に向けた。

「正直に口を割らなきゃ、このまま一発撃つぜ」

「おれ、う、嘘なんかついてねえって」

「くぐもり声で、よく聞こえないな」

才賀は銃身を引き抜いた。男が前歯の欠片《かけら》を唾《つば》とともに吐き出した。

「おれたち三人は、小柴組の人間だよ。それから、生田なんて奴は知らねえ。おれたちは、昔、四谷署の署長をやってた……」

「重森鎮夫に松村と佐竹を始末しろって言われたのか!?」

「小柴の親分がな。うちの組長《オヤジ》が重森さんに恩義があるからって、引き受けたんだ。おれも兄貴たちも気が進まなかったんだけど、組長《オヤジ》にゃ逆《さか》らえねえからな」

「ほかの二人は、松村を追ってるんだな？」

「そうだよ。佐竹って奴は、増尾《ますお》の兄貴が殺《や》ったんだ」

「コルト・パイソンを持ってる奴か？」

「いや、それは根本の兄貴だよ。増尾の兄貴はブラジル製のインベルって大型拳銃を持ってる」

「おまえらは、二千万入りの手提《さ》げ袋も松村の店から持ち出したな？」

「なんで、そんなことまで知ってるんだよ!?　そもそも何者なんでえ？」

「おまえの職質にはつき合えない」

「あ、あんた、刑事《デカ》なのか!?」

「好きに考えな。それより、金も回収しろって言われてたのか？ それとも、行きがけの駄賃にかっぱらったのかい？」

「組長《オヤジ》の話によると、重森さんから二千万の回収も頼まれたらしいぜ」

男が言った。その話が事実なら、重森と生田には何らかのつながりがあることになる。どういう結びつきなのか。

「ついでに、おまえの名前を聞いておこう」

「おれは花水《はなみず》だよ」

「おまえら三人を手引きしたのは、緒方という元刑事だな？」

「そうだよ。緒方は松村たちの仲間だったらしいんだが、どうも重森さんのほうに寝返ったみてえだな。おそらく、銭で抱き込まれたんだろう。よく知らねえけどさ」

「おまえらは、松村や佐竹のほかにも垂水と関って男を片づけろって言われてるんだな？」

「いや、組長《オヤジ》は松村と佐竹を山の中に連れ込んで始末しろって根本の兄貴に言っただけらしいよ。うちの組の者が四人も殺るのはさすがに危《ヤバ》いと思って、組長《オヤジ》は二人の始末だけ請《う》け負ったんじゃねえの？」

「そうかもしれない」

才賀はノーリンコ54をベルトの下に入れ、花水を左手で摑み起こした。

「おれをどうする気なんでえ？」

「弾避《たまよ》けになってもらう。兄貴たち二人は、どっちに行った？」

「おれは途中で引き返したから、二人がどっちに行ったのか、もうわからねえよ」

「引き返した場所まで案内しろ。逃げたら、すぐにぶっ放すぞ」

「ちっ」

花水が舌打ちして、だらだらと歩きだした。

才賀は花水の腰を蹴り上げた。

「何なんだよ、いきなり……」

「走れ、走るんだっ」

「わかったよ」

花水が渋々ながらも、駆けはじめた。とはいえ、あたりは漆黒《しっこく》の闇だ。樹木は、まるで影絵のようにおぼろだった。すぐに花水は走れなくなった。

二人は急ぎ足で、林の奥に分け入った。

黙々と歩いていると、前方で複数の足音がした。才賀は花水を立ち止まらせた。

「声を出すなよ」

「わかってらあ」

花水が不貞腐《ふてくさ》れた口調で言った。

暗がりの向こうで、二つの人影が揺れた。

「兄貴ーっ、救《たす》けてください！」

突然、花水が叫んだ。才賀は花水の肩を摑んで、背中にグロック26の銃口を突きつけた。

「花水、どうしたんでえ？　さっきのクラクション、誰が鳴らしやがったんだ？」

兄貴分のひとりが問いかけてきた。

「おれ、おかしな奴に取っ捕まっちまったんです。そいつに拳銃《チャカ》奪《と》られて、背中に銃口を押しつけられてるんですよ」

「おめえ、その野郎に楯《たて》にされてんだな？」

「そうっす。だから、兄貴たち、絶対に発砲しないでくださいね」

「間抜け野郎が！」

「あっ、撃たないでください。撃たないでくれーっ」

花水が大声で訴えた。

数秒後、二つの乾いた銃声が重なった。樹木越しに、小さな銃口炎《マズル・フラッシュ》も見えた。

才賀は横に跳《と》んで、拳銃を握り直した。前方にいる二人が連射してきた。

花水が被弾し、樹幹に抱きついた。そのまま力なく擦《ず》り落ち、上体を深く折った。それきり身じろぎもしない。

　才賀は敵との距離を少しずつ縮めはじめた。

　林の中でむやみに撃っても、意味がない。放った銃弾は樹木の幹《みき》にめり込んだり、横に張り出した枝を弾き飛ばすだけで、なかなか標的には命中しないものだ。

　花水の兄貴分たちは声をかけ合うと、山道に向かって走りだした。才賀はすぐにも追いたかったが、松村のことが気がかりだった。

　林の中を駆けずり回っているうちに、敵の二人は山道に逃れた。ほどなくワンボックス・カーのエンジンが唸《うな》った。

（追跡は諦《あきら》めよう）

　才賀は松村の名を呼びながら、うっそうと樹木の繁る斜面を下った。

　斜面は滑らかではなかった。あちこちに起伏があって、窪《くぼ》地《ち》もあった。耳を澄ませると、川の瀬音が下から這《は》い上がってきた。

（松村は川まで滑り降りて、下流に逃げたのかもしれない。下まで行ってみよう）

　才賀は斜面を下り、窪地に飛び降りた。着地した瞬間、何か弾力性のある物体を踏みつけた。

　才賀は上着のポケットからライターを取り出し、すぐに点火した。足許に転がっていたのは、松村の射殺体だった。

銃創は四つもあった。額、首、左胸、右脚を撃たれ、血みどろだ。両眼は恨《うら》めしげに虚《こ》空《くう》を睨んでいた。

（あんたから大きな手がかりを得られると思ってたんだが……）

才賀はゆっくりと屈《かが》み、松村の上瞼《うわまぶた》を掌《てのひら》でそっと閉じさせた。

4

汗まみれだった。

才賀はサウナ室にいた。新宿区役所のそばにあるサウナ会館だった。

山林の中で松村と佐竹が射殺されたのは、午前二時半前後だ。それから、およそ十五時間が経過している。

東京に舞い戻った才賀は夜が明けると、彦根に山中での出来事を電話で報告した。別働隊の者が新潟県警から逃亡中の増尾と根本に関する情報を集めてくれたはずだ。

才賀は彦根とここで落ち合うことになっていた。サウナ室には、自分のほかは誰もいない。

数分待つと、腰に白いタオルを巻きつけた彦根がやってきた。才賀は目礼した。

「大変な目に遭《あ》ったな」

彦根が労《いたわ》りのこもった声で言い、少し離れた所に腰かけた。

「早速ですが、例のワンボックス・カーは？」

「石打《いしうち》駅の近くに乗り捨てられてたそうだ。二千万入りの手提《さ》げ袋は車内にはなかったらしいよ」

「小柴組の二人が金を持って逃走したんでしょう」

「だろうね。花水、増尾、根本の三人は間違いなく、小柴組の構成員だったよ。根本は舎弟頭を務《つと》めてる。現在、逃亡中の二人の行方はわかってない。ほとぼりが冷めるまで、潜伏する気でいるんだろう」

「刑事部長、小柴と重森の結びつきはどうでした？」

「七年前の秋、小柴 勇《いさむ》は四谷署管内で恐喝容疑で逮捕されてる。小柴組長が脅した相手は札つきの不良イラン人だった。アリとかいうイラン人は金持ちの子女に服《の》む覚醒剤〝ヤーバ〟を売りつけ、その子たちの親から多額の口留め料をせしめてたんだ」

「悪い野郎だな」

「小柴組長は侠気《おとこぎ》からアリを監禁して、脅し取った金の倍額を払えと迫ったらしいんだよ。アリの子分が四谷署に駆け込んで、その事件は発覚したそうだ」

「そうですか」

「重森は不良外国人が日本でのさばってることを苦々しく思ってたらしく、小柴を地検送りにはしなかった」

「そのことで、小柴組の組長は重森に恩義を感じてたわけか」

「そうなんだろうね。正午過ぎに別働隊の者が別件で小柴勇をしょっ引いたんだが、組長は重森に何かを頼まれたことはないと言い張ったらしいんだ」

「林の中で兄貴分に撃たれて死んだ花水が苦し紛《まぎ》れの嘘をついたとは思えないんですよ」

「花水という組員が喋ったことは、事実なんだろう。小柴が重森をかばってるにちがいないよ」

「でしょうね」

「仲間を裏切った緒方進の居所は掴めなかったんだが、金に困ってたようだね。友人や知人から五万、十万と借り歩いて、カプセル・ホテルを転々としてたようだからな」

「垂水勉と関達男の所在地もわからないんですね?」

「ああ、残念ながら。緒方はともかく、垂水と関は松村の葬儀には顔を出すんじゃないかね?」

「それは、どうでしょうか?　二人とも事件報道で松村と佐竹が殺されたことを知ったら、身に危険を感じて……」

才賀は控え目に反論した。

「そうか、そうだね。行方のわからない緒方を押さえれば、大きな収穫を得られるんだがな」

「緒方を見つけ出すには時間がかかりそうですから、重森鎮夫に貼りついてみます」

「そのほうがいいな。先日渡した資料の中に、重森の自宅の住所もメモしたと思うんだがね」

「ええ、メモを見ました。確か重森の住まいは練馬区の石神井《しゃくじい》で、顧問をやってる自動車教習所は大塚にあったんじゃなかったっけな？」

「その通りだよ。ところで、きょうは吉岡刑事の本通夜が営まれるんだろ？」

「ええ。通夜にも告別式にも列席するつもりでいたんですが、早く事件を解明するのが先だと思い直したんです」

「しかし、きみにとって、吉岡刑事は特別な先輩だったわけだから、弔問《ちょうもん》には行くべきだよ」

「吉岡さんとは警察病院で、お別れをしてきました。未亡人はともかく、故人は不義理を赦《ゆる》してくれると思います」

「きみがそう考えてるんだったら、社会通念や形式主義を押しつけるのはよそう。ただね、一つだけ苦言を呈《てい》しておく」

「はい。なんでしょう？」

「きみは、借りのある吉岡刑事の死にショックを受けて、いつもよりも焦《あせ》ってるように見受けられる」

「そうですか？」

「焦りは禁物だよ。それからね、極秘任務は戸浦監察官の死の真相を探ることだ。戸浦氏が吉岡刑事と同じ陰謀を暴《あば》こうとしてたのではないかという才賀君の推測は正しいと思ってるがね」

「刑事部長が指摘されたことは、ちゃんと弁《わきま》えてるつもりです」

「そうかね。それなら、いいんだ。きみのやりやすい方法で捜査を続行してくれ」

彦根が穏《おだ》やかな表情で言った。

才賀は大きくうなずき、先にサウナ室を出た。火照《ほて》った体を水風呂で冷やし、それから全身をざっと洗った。

ロッカー・ルームで手早く衣服をまとい、地下二階の駐車場に降りる。覆面パトカーに乗り込むと、真っ先にグロック26の有無《うむ》を確かめた。

オーストリア製の拳銃は、ウエスの向こうに横たわっていた。花水から奪ったノーリンコ54は帰京の途中、湯沢の町外れの川に投棄《とうき》してきた。

才賀はフォード・エクスプローラーを走らせはじめた。

サウナ会館を出て、重森の自宅に向かう。山手《やまて》通りをたどり、目白《めじろ》通りに入った。

それから間もなく、極道記者の堀内から電話がかかってきた。車を路肩に寄せる。

「才賀ちゃん、何やってんだよっ」

「え？」

「今夜は、吉岡喬の本通夜だろうが。おれ、中目黒のセレモニー・ホールでずっと待ってるんだが、いっこうにそっちが姿を見せないんで、電話したんだよ」

「本通夜のことを忘れたわけじゃないんだ。どうしても時間の都合がつかなくて、顔を出せそうもないんですよ」

「時間の都合がつかないって、どういうことなんだい？　まだ休職中なんだから、本通夜にちょこっとぐらい顔を出せるだろうが？」

「こないだ言ったと思いますが、おれ、吉岡さんの事件を非公式に捜査してるんですよ」

才賀は言った。

「そのことは憶《おぼ》えているよ。けどさ、故人は命の恩人なんだろ？」

「ええ、そうです」

「だったら、通夜にも告別式にも出席して、きちんと恩人をあの世に送ってやるべきなんじゃないのか？」

「おれは、もう故人とお別れを済ませてるんです。だから、不義理になるけど、通夜にも葬儀にも出ないつもりです」

「才賀ちゃん、それはよくねえよ。人の生と死は特別なものなんだからさ」

「わかってますよ、そんなことは」

「それだったら……」

「おれは一日も早く事件を解明することが一番の供養《くよう》になると思ってるんです。死者に線香を手向《たむ》けることよりも、そのほうが大事だと考えてるんだ」

「そうか。人には、それぞれ考え方があるからな。常識や形式ばかりにとらわれてるおれは、人間が古すぎるのかもしれない。才賀ちゃんは才賀ちゃんのやり方で、故人を葬《とむら》ってやればいいさ」

「ええ、そうします」

「おれに協力できることがあったら、いつでも声をかけてくれや。それじゃ、またな！」

堀内が電話を切った。

才賀はセルラー・テレフォンを上着の内ポケットに戻し、覆面パトカーを発進させた。

重森の自宅を探し当てたのは、数十分後だった。

閑静な住宅街の一角にあった。二階家で、敷地は割に広い。七、八十坪はありそうだ。

才賀は重森宅の少し先に車を停めた。

ちょうどそのとき、重森の自宅から見覚えのある男が出てきた。緒方進だった。

才賀は、そっと車を降りた。

緒方は表通りに向かって歩きだした。才賀は緒方を尾《つ》け、神社の横で声をかけた。

「以前、四谷署の刑事課にいた緒方さんでしょ？」

「そうだけど、おたくは？」

立ち止まった緒方が訝《いぶか》しげな目を向けてきた。才賀は、とっさに松村の知り合いを装った。

「そうでしたか。で、わたしに何か？」

「ちょっと確認したいことがあるんですよ」

「確認って？」

緒方が小首を傾《かし》げた。

才賀は無言で踏み込み、緒方の鳩尾《みぞおち》に強烈な逆拳《ぎゃくけん》を叩き込んだ。緒方が野太《のぶと》く唸《うな》って、前屈《まえかが》みになった。

才賀は肩で受け止め、緒方を担《かつ》ぎ上げた。そのまま神社の境内《けいだい》に入り、参道の石畳の上に投げ落とした。

奥に神殿が見えるが、社務所はなかった。

「なんの真似《まね》なんだっ」

緒方が呻《うめ》きながら、半身を起こした。

「生活が苦しいからって、仲間を売るなんて最低だぜ」

「なんの話をしてるんだ？」

「白々しいことを言うんじゃない。おれは、そっちが小柴組の三人を手引きしたことを知ってるんだ。この目で見てるんだよ」

「あんた、人違いしてるようだな」

「ふざけんな！　きさまは昨夜《ゆうべ》、小柴組の根本、増尾、花水の三人に松村と佐竹を襲わせた。そっちは松村、佐竹、関、垂水と一緒に三年前のことで、四谷署の署長だった重森鎮夫に復讐する約束をしてた」

「………」

「それなのに、四人の仲間を裏切って、重森のスパイに成り下がった。小柴組の三人に連れ去られた松村と佐竹は、新潟の山の中で射殺された。そのことは、もうテレビの報道で知ってるな？」

「知らない。いまの話は事実なのか。おれは新聞も購読してないし、きょうはテレビ・ニュースも観《み》てないんだ」

「松村と佐竹が殺されたことは間違いない。きさま以外の仲間の垂水と関も命を狙われてるんだろう」

「話が違う。おれは権力と闘っても勝算はないと思えてきたから、重森さんに松村さんたち四人を説得してくれるよう頼んだだけだ。仲間を売る気なんかなかったんだよ。それだけは信じてくれ」

「そっちが重森を直接、『ピース商会』に連れていったんだったら、いまの言葉を信じてやろう。でもな、きさまが手引きしたのは三人のヤー公だったんだ。そんな嘘が通用すると思ってんのかっ」

才賀は怒鳴《どな》りつけ、緒方の腹を蹴った。

緒方が両手で腹部を押さえながら、横倒れに転がった。

「重森に金で抱き込まれたんだな？　金を貰っただけじゃなく、再就職口も世話してもらえることになってるんじゃないのか？」

「………」

「肯定《こうてい》の沈黙ってやつだな。恥を知れよ、恥を！　きさまは仲間との約束を破って、自分が得する途《みち》を選んだ。男だったら、そんなみっともないことをするんじゃない」

「偉そうなことを言わないでくれ。おたくは無一文になったことがないから、そんなふうに他人《ひと》の生き方をとやかく言えるんだ。金がなきゃ、菓子パン一個だって買えないし、寝る場所もないんだぞ」

「金がなかったら、何か労働をすればいいだろうが。たとえ時給が七、八百円でも、餓死することはないはずだ」

「三十男が学生アルバイトみたいなことはできないよ。まともな会社の正社員になるつもりだったんだが、それは邪魔されて、叶《かな》わなかったんだ。といって、ホームレスにもなれないじゃないか。貧乏してても、そこまでプライドは棄《す》てられないからな」

「だから、敵に魂《たましい》を売っちまったのか」

「元署長だって、救いようのない悪人ってわけじゃないよ。警察首脳部の意向は無視できないじゃないか。重森さんは、おれたち五人が強硬に三年前の殺人事件の捜査再開を要求したとき、板挟みになって、かなり苦しんだはずだよ」

「まとまった金を貰ったんで、今度は重森の弁護か。変わり身が早いな」

「なんとでも言えばいいさ。しかし、重森さんも犠牲者であることは確かなんだ。誰だって、長いものになんか巻かれたくないさ。しかし、家族や部下が肩にぶら提《さ》がってたら、理想だけじゃ生きていけないよな？　そうだろうが？」

「そいつは腰抜け野郎の自己弁護だな。権威や権力には、決してひざまずかない。それが法の番人の心得だ」

「おたくが言ってることは、青っぽい理想論だよ。世の中の仕組みは複雑だし、必ずしも公正じゃないんだ。支配者と被支配者がいるんだよ。力を持たない人間が権力者に楯《たて》ついたって、どうなるもんじゃない」

「聞いたふうなことを言うな。きさまのような若年寄りがいるから、この社会はいっこうによくならないんだ」

「おたく、警察庁《サッチョウ》の監察官らしいが、そんな青臭いことを言ってると、そのうち出世コースから外されちゃうよ」

「おれのことはどうでもいいだろうが！　それより、三年前の美人モデル殺害事件の重要参考人のことを教えてくれ。馬場信吾という実在しない男の本名は？　そいつは、超大物の血縁者か何かなんだな？」

「お、おたく、何者なんだ!?　ただの監察官なんかじゃなさそうだな」

「話をはぐらかすなっ」

才賀は緒方を荒っぽく摑み起こした。

「身分を明かしたら、質問に答えてやってもいいよ」

「そいつはできない」

「法務大臣直属の特命検事か何かなんだな？」

「そんな仕事をしてる人間が実在するわけないだろうが」

「いや、わからんぞ。公安関係の捜査官はいろんな仮面を被って、秘密捜査に携《たずさ》わってるからな」

「話を脱線させるな。美人モデルをパンティ・ストッキングで絞殺したのは、馬場信吾という架空の人物なんだな？　野沢香織を殺したと自首してきた写真家の芝木博司は、身替り犯だったんだろっ」

「おたく、誰に何を吹き込まれたのか知らないが、話が荒唐無稽《こうとうむけい》すぎるよ。美人モデルを殺した犯人は、その芝木って男さ。仕事で知り合った野沢香織に一方的に熱を上げて、力ずくでものにしようとしたんだ。しかし、香織に激しく抵抗されたんで、つい逆上して殺《や》っちまったんだよ。おれたち五人は重参の容疑が完全には消えなかったんで、特捜本部の解散を不服に思ったが、馬場信吾のアリバイは成立したわけだからね。松村さんが幾度も何か事件に裏がありそうだと言ったんで、おれたち四人の部下は引きずられる形で捜査の続行を重森さんに訴えたんだ。いまになって思えば、ずいぶん軽率だったよ」

　緒方が長々と喋った。

「かつての上司は松村だけを悪者にして、この場を切り抜けようと思ってるんだろうが、そうはいかないぜ。凶器のパンティ・ストッキングには、馬場信吾の頭髪が一本だけ付着してたという情報も摑んでるんだ」

「えっ」

「だいぶ驚いたようだな。その事実は、どう説明するんだい？」

「その話は初めて聞くな。おれは現場には何度も足を運んで、鑑識係からの情報も小まめに集めてた。しかし、重参の髪の毛がパンティ・ストッキングに付着してたなんて話は誰からも聞いた記憶はないな。おたく、何か勘違いしてるんじゃないの？」

「そっちこそ、話に矛盾があるぜ」

「矛盾があるって？」

「ああ。最初、そっちは生活の苦しさから重森に加担する気になったというニュアンスで喋ってた。それが途中で、三年前の捜査におかしな点はないと言いだした。話が支離滅裂《しりめつれつ》じゃないか」

「そ、それは……」

「矛盾したことを口走ったのは、きさまが動揺してるからさ。違うかい？」

「勝手に決めつけないでくれ。迷惑だよ」

「そっちと話してても、埒《らち》が明かない。これから、おれと一緒に重森の家に戻ろう」

「行きたきゃ、ひとりで行けよ。おれは行きたくない」

「つき合ってもらうぜ、もう少しな」

才賀はそう言って、緒方の片腕を取ろうとした。その前に、緒方の肘打《ひじ》ちがこめかみに入った。

才賀は一瞬、棒立ちになってしまった。

その隙《すき》に、緒方が石畳を蹴った。参道を突っ走り、そのまま道路に走り出た。

緒方の後ろ姿がヘッドライトの光に照らされた。次の瞬間、灰色の二トン・トラックが緒方の体を球《ボール》のように高く撥《は》ねた。

緒方の体は弧《こ》を描きながら、ゆっくりと路上に落ちた。才賀は神社の前の道路に走り出た。

ヘッドライトの光に照らされた路面には、緒方が奇妙な恰好《かっこう》で横たわっていた。首の骨が折れてしまったようだ。石のように動かない。

トラック運転手が路上にたたずみ、茫然《ぼうぜん》としていた。

「一一〇番通報してやろう」

才賀は徒労感を覚えながら、上着の内ポケットに手を滑り込ませた。

第四章　隠された接点

1

双眼鏡の倍率を最大にした。

グリーンが一段と近くに迫った。重森と小柴組の組長は何か談笑しながら、十五番ホールに向かっていた。二人ともパステル・カラーのゴルフ・ウェア姿だった。

（いい気なもんだ）

才賀は胸奥《きょうおう》で呟《つぶや》き、双眼鏡を目から離した。

埼玉県の鳩山《はとやま》町にあるカントリー・クラブだ。緒方が神社の前で交通事故死したのは、一昨日《おととい》である。

才賀は今朝《けさ》早く、重森の自宅のそばで張り込んでいた。重森が外出したら、どこか人気《ひとけ》のない場所に連れ込むつもりでいた。

だが、思いがけない展開になった。午前七時ごろ、重森の自宅にブリリアント・シルバーのメルセデス・ベンツSLが乗りつけられた。運転席にいたのは、稲森会小柴組の組長だった。

才賀は前日のうちに別働隊のメンバーがファックス送信してくれた小柴の顔写真を見ていた。五十四歳の組長は、ブルドッグに似た容貌だった。

小柴が短くクラクションを鳴らすと、重森はゴルフ・バッグを担《かつ》いで家から現われた。元四谷署の署長はベンツのトランクルームにゴルフ・バッグを収めると、助手席に坐った。こうして二人は、このゴルフ場にやってきたのである。

才賀はコースの外れの人工林を抜け、外周路に出た。覆面パトカーに向かっていると、遠くに煙突が見えた。白い煙は、ほぼ垂直に立ち昇っていた。

（吉岡さんは、きのう、骨になってしまったんだな。告別式に出て、火葬場まで行ってたら、きのうもきょうも張り込みはできなかったろう。それにしても、人の命は儚《はかな》いもんだな）

才賀は改めて無常感を覚えつつ、エクスプローラーの運転席に入った。

車の中で一時間ほど時間を潰《つぶ》してから、覆面パトカーを発進させた。外周路をゆっくりと走り、カントリー・クラブのゲート近くにエクスプローラーを停める。

（別働隊は、まだ垂水勉と関達男を保護してないんだな。早く二人の居所を突きとめないと、どちらも松村や佐竹のように始末されてしまうかもしれないんだが……）

才賀は彦根からの連絡を心待ちにしていたが、携帯電話の着信ランプが灯《とも》る気配はなかった。

小柴のベンツがゴルフ場の正門から出てきたのは、午後三時過ぎだった。

助手席には、重森の姿が見える。才賀は覆面パトカーで、小柴の車を追尾《ついび》しはじめた。

ベンツは東松山《ひがしまつやま》ＩＣに向かっているようだった。走行中の県道の両側には、幾つもゴルフ場がある。その分、民家は少ない。

数キロ先で、才賀はアクセルを深く踏み込んだ。

ベンツを追い抜き、エクスプローラーをハーフ・スピンさせる。タイヤが軋《きし》んだ。

小柴がベンツを急停止させ、ホーンを荒々しく鳴らした。才賀はそれを黙殺して、助手席のシートに片肘《かたひじ》をつき、グローブ・ボックスから拳銃を摑み出した。

また、ベンツの警笛が響いた。才賀は上体を傾けたまま、じっと動かなかった。

誘いだった。

案《あん》の定《じょう》、小柴がベンツから降りる物音が伝わってきた。才賀は靴音が熄《や》むと、勢いよく車を降りた。

「てめえ、どういうつもりなんでえ。危《あぶ》ねえじゃねえか。それに、クラクションを無視しやがって」

小柴が息巻《いきま》いた。たるんだ頬の肉が小さく揺れた。

「騒ぐな」

才賀は鋭い目に凄《すご》みを利かせ、手早くグロック26のスライドを引いた。小柴が身を竦《すく》ませた。

「大声で、重森鎮夫を呼び寄せろ」

「なんで重森さんがおれの車に乗ってることを知ってんだ?」

「おまえらを石神井から尾《つ》けてきたのさ」

「重森さんの自宅から尾行してきたって!?」

「そうだ。早く重森を呼べ!」

才賀は急《せ》かせた。

小柴が振り向いたとき、ベンツが急に動いた。ステアリングを握っているのは、重森だった。

(自分だけ逃げる気になったんだな)

才賀は小柴に銃口を向けながら、道路の中央に躍《おど》り出た。ベンツはセンター・ラインを大きく越え、覆面パトカーの横を走り抜けていった。

「おれの車を運転するんだ。重森を追うんだよ」

「いやなこった」

小柴が薄笑いをして、その場にしゃがみ込んだ。ベンツは、だいぶ遠ざかっていた。

才賀は小柴に走り寄って、銃把《グリップ》の角で前頭部を強打した。小柴が尻餅《しりもち》をつき、両脚を投げ出す形になった。

才賀はベルトの下に拳銃を差し込み、腰から手錠を引き抜いた。小柴の両手を捩《ねじ》り上げ、素早く後ろ手錠を掛ける。

「てめえ、刑事《デコスケ》だったのか」

「この手錠はポリス・グッズの店で買ったんだよ」

「なら、その拳銃もモデルガンなんだな？」

「こいつは真正銃《しんせいじゆう》さ」

「フカシこくんじゃねえ！」

「それなら、試《ため》しに一発喰《く》らわせてやろう」

「やめろ！　そいつは本物《モノホン》らしいな」

「やっと信じる気になったか。ちょっとドライブしようや」

才賀は小柴を立たせ、リア・シートに俯《うつぶ》せに寝かせた。

「おれをどうする気なんでえ？　おれは堅気《ネス》じゃねえんだぞ。これでも、一家を構えてるんだ。あんまり舐めたことをしやがると、てめえを生コンで固めちまうぞ」

「もう少し気の利いた凄み方をしろよ。頭《ペテン》の悪さ、丸出しじゃないか」

「殺すぞ、この野郎！」

小柴が声を荒《あら》げた。

才賀は運転席に入り、覆面パトカーを走らせはじめた。数百メートル先に、農道があった。

左折して、農道に入る。両側に畑が点在しているが、民家は見当たらない。

道なりに進むと、半《なか》ば朽《く》ちかけた養鶏場《ようけいじよう》があった。鶏《にわとり》は一羽もいない。近くにある作業小屋の窓ガラスは、おおむね割られている。

才賀は覆面パトカーを作業小屋の横に停めた。先に降り、小柴を作業小屋の中に連れ込んだ。

「ここで、おれにヤキを入れるつもりなんだな。そうはさせねえぞ」

小柴が肩をそびやかし、不意に足を飛ばした。前蹴りは才賀に届かなかった。

才賀は冷笑し、中段回し蹴りを見舞った。スラックスの裾がはためいた。小柴が呻き、土間《どま》に倒れた。才賀は小柴の脇腹を二度蹴り上げた。

小柴が体を丸めて、長く唸《うな》った。

「重森に頼まれて、元刑事の松村と佐竹を根本たち三人の組員に始末させたんだな？」

「てめえ、何を言ってやがるんでえ」

「まだ吐く気にならないらしいな」

才賀はジャンプし、小柴の体を両足で踏んずけた。小柴が獣じみた声を発した。才賀は片方の靴を小柴の側頭部に載《の》せ、もう一方の足を浮かせた。

体重《ウェイト》を一ヵ所に掛けられた小柴は、凄まじい声を洩《も》らした。

「喋る気になったか？」

「………」

「ばかな男だ」

才賀は屈《かが》み込み、ライターの炎で小柴のたるんだ頬を炙《あぶ》りはじめた。肉の焦《こ》げる臭《にお》いが鼻先を掠《かす》めた。不快だった。

「熱い！　やめてくれーっ」

「次は、片方の睾《くるぶし》を撃ち砕《くだ》いてやる」

「てめえが言ってた通りだよ。重森さんが四谷署の署長をやってるときに世話になったんで、頼みを断れなかったんだ」

「重森は、松村と佐竹を始末したい理由を話したはずだ」

「都合が悪いと言っただけで、ほかには何も言わなかった。おれも深くは詮索《せんさく》しなかったんで、事情はよく知らねえんだよ」

「まだ重森をかばう気らしいな？」

「そうじゃねえ。そうじゃねえんだ」

「歯を喰《く》いしばれ！」

「おれの足首を撃つ気なのか⁉」

「そうだ」

「やめてくれよ、そんなことは。おれは、嘘なんか言ってねえ」

「垂水と関って元刑事も片づけてくれと頼まれたんだろ？」

「そいつらの名前は、いま初めて聞いたよ。おれが引き受けたのは、松村と佐竹の二人の始末だ。ほかの殺人《コロシ》は頼まれちゃいない」

「ほんとだな？」

「ああ。そっちが新潟の山の中で、うちの花水を殺《や》ったんだな？」

「花水って組員を撃ったのは、増尾か根本のどっちかだよ」

「えっ、そうなのか。根本は邪魔者に花水が撃たれたと言ってたが……」

「二千万円の入った手提げ袋は、誰が重森に渡したんだ？」

「それは、おれが重森さんに直《じか》に渡したよ。根本と増尾が東京に戻った日にな」

「その金について、重森はどう言ってた？」

「松村たちが重森さんの知人から脅し取った金だと言ってたな。それ以上のことは教えてくれなかったんだ。こっちも訊きにくかったんで、特に質問はしなかったんだよ」

「そうかい。増尾と根本は、どこに隠れてるんだ？」

「な、何を考えてるんだよ？」

「あの二人に重森の息子夫婦を拉致させれば、元署長はもう逃げないだろう」

「重森さんを誘《おび》き出して、あの人を殺す気なのか？」

　小柴が問いかけてきた。

「元署長に確かめたいことがあるだけだ。増尾たち二人の隠《かく》れ家《が》を教えなきゃ、おまえは殺人教唆《きょうさ》で刑務所《ムショ》行きだな」

「えっ」

「おれの上着のポケットの中で、超小型録音機のテープが回ってるんだ」

　才賀は、もっともらしく言った。小柴の顔色が変わった。はったりを真《ま》に受けたようだ。

「まいったな」

「どうする？　録音テープを警察に渡してもいいのか？」

「そいつは困る。勘弁してくれ」

「根本と増尾はどこにいるんだ？」

「行田市《ぎょうだ》におれが買収した鉄工所があるんだが、根本たち二人は、その会社の事務所で寝泊まりしてる。鉄工所は操業停止したままなんだよ。前の社長を慕《した》ってた工員がみんな辞めちまったんでな。そのうち工場を解体して、更地《さらち》にしようと思ってんだ」

「その鉄工所に案内してもらおうか」

才賀は小柴を摑み起こし、ふたたび覆面パトカーのリア・シートに腹這《ば》いにさせた。それから彼は、エンジンを始動させた。

潰《つぶ》れた養鶏場を出て、県道に戻る。東松山市、吹上町《ふきあげ》を通過し、行田市に入った。

小柴が乗っ取ったという鉄工所は、国道一二五号線に面していた。工場と一般住宅が混然と建ち並んでいる地域だった。

才賀は先にエクスプローラーから降り、小柴を車外に引きずり出した。後ろ手錠を掛けたまま、案内に立たせる。

大きな鉄製の門扉《もんぴ》は閉ざされていた。だが、潜《くぐ》り戸は内錠が掛けられていなかった。

才賀は先に小柴を鉄工所の中に押し入れ、自分もつづいた。左手に工場があり、右手に古びた事務所があった。

才賀は事務所の中を覗いた。

根本と増尾がカップ麺を啜《すす》りながら、テレビのお笑い番組を観《み》ていた。才賀は引き戸を勢いよく横に払い、小柴を事務所の中に押し入れた。

事務机が四卓置かれ、その向こうにスチール・キャビネットが並んでいる。根本と増尾がほぼ同時に回転椅子から立ち上がった。

「妙な気を起こしたら、小柴の頭がミンチになるぜ」

才賀は、組長の頭にグロック26の銃口を押し当てた。根本が近くの机に目をやった。机上には、コルト・パイソンが無造作に置いてあった。

「二人とも、もっと退《さ》がれ！」

才賀は命じた。しかし、根本も増尾も動こうとしない。

「てめえら、言われた通りにしろい」

小柴が苛立《いらだ》たしげに喚《わめ》いた。二人の子分が慌《あわ》てて数メートル後退した。

「おまえは、ブラジル製の拳銃《ハンドガン》を持ってるはずだ」

才賀は増尾に顔を向けた。

「拳銃《チャカ》は、長椅子の背当てクッションの下に隠してあらあ」

「そうか。おまえら二人とも、トランクス一枚になれ」

「おまえ、ホモなのかよ!?」

「心配するな。おまえらの汚いオカマを掘ったりしないよ」

「なんだって、下着だけになれと……」

「逃げられちゃ、困るからさ」

「根本の兄貴、どうします？」

増尾が舎弟頭に指示を仰《あお》いだ。根本が観念した顔で、先に白っぽい上着を脱いだ。増尾も綿ブルゾンをかなぐり捨てた。

ほどなく二人は下着だけになった。

「両手を頭の上で重ねて、床に胡座《あぐら》をかけ！」

才賀は命令した。根本と増尾が言われた通りにした。才賀は小柴を前に歩かせ、まずコルト・パイソンを掴み上げた。輪胴型弾倉《シリンダー》を左横に振り出し、五発のマグナム弾を床に落とす。リボルバー本体は、遠くに投げ捨てた。

次に長椅子に歩み寄り、背当てクッションの下からインベルを抜き取った。マガジン・キャッチのボタンを押し、銃把《グリップ》から弾倉を引き抜いた。どちらも長椅子の下に投げ込んだ。

「手錠《ワッパ》を外してくれねえか」

小柴が言った。

「もう少ししたら、外してやるよ。そっちは大事な人質だからな」

「ちくしょう！」

「もう諦《あきら》めるんだな」

才賀は小柴に言って、根本と増尾に目を向けた。

「二人とも、ボクサー型のトランクスを穿《は》いてるんだな。なら、ちょっと余興《よきょう》をやってもらうか」

「余興だと？」

根本が三白眼《さんぱくがん》を尖《とが》らせた。

「ああ。おまえら、どっちかがＫＯするまで、ナックルで殴り合えよ」

「そんなこと、やれるかっ」

「冗談だよ。そんなにむきになるなって。おまえら二人には、重森鎮夫の息子夫婦を引っさらってもらう」

「なんだと!?」

「今夜十時までに、息子夫婦をここに連れてくるんだ。それを果たせなかった場合は、小柴組長に死んでもらう」

「なんだって、息子夫婦を……」

「どうしても、重森を誘《おび》き出したいんだよ」

才賀は言った。

「組長《オヤジ》さん、どうすればいいんです？」

根本が小柴に問いかけた。

「世話になった重森さんを困らせるようなことはしたくねえけど、おれもまだ殺されたくねえからな」

「つまり、言われた通りにしろってことですね？」

「わかりきったことをいちいち言うんじゃねえ！」

「すみません」

「おめえらにとって、おれは親も同然だよな？」

「ええ、そうっすね」

「だったら、おれのために一肌脱いでくれや」

小柴が言い含めた。根本は子供のようなうなずき方をした。すぐに隣の増尾が兄貴分に倣《なら》った。

「おれは、いい子分を持ったもんだぜ。万が一、二人が逮捕《パク》られたら、有能な弁護士を雇ってやらあ」

「息子夫婦は、重森さんと同居してるんでしたよね？」

「ああ、そうだ。重森さんの息子は中学校の国語教師で、ちょうど三十だったと思う。嫁さんは三つ年下だったかな。美人妻だが、根本、変なことをするんじゃねえぞ」

「わかってますよ」

「なら、頼むぜ」

小柴が口を閉じた。

「二人とも、もう服を着てもいいよ」

才賀は言った。根本がぶつくさ言いながら、衣服をまといはじめた。増尾も身繕《みづくろ》いに取りかかった。

「何も根本たちをわざわざパンツ一丁にさせることはなかったじゃねえか」

小柴が口を尖《とが》らせた。

「トランクス一枚にさせたのは、武器を隠し持ってるかどうかチェックしたかったのさ」

「なるほど、そういうことだったのか。なかなか抜け目がねえな」

「まあな」

「そっちは重森さんに何か個人的な恨みでもあるのかい？」

「私怨《しえん》はないさ。ただ、重森の秘密を暴《あば》いてやりたいんだよ」

「重森さんが何をやったというんでえ？」

「そっちには関係がないだろうが」

才賀は言った。小柴が鼻白んだ顔で口を噤《つぐ》んだ。

「組長《オヤジ》さん、必ず戻ってきやすんで、もうしばらく堪《こら》えてください」

根本が組長に言い、増尾を目顔《めがお》で促《うなが》した。

二人は肩を並べて、出入口に向かった。才賀は小柴を長椅子に坐らせた。

そのとき、根本と増尾がバレリーナのように旋回した。銃声は聞こえなかったが、二人とも被弾したようだ。根本と増尾は床に折り重なった。

「おめえら、どうしたんだ!?」

小柴が素っ頓《すっとん》狂《きょう》な声をあげ、長椅子から立ち上がった。そのすぐあと、黒いフェイス・キャップで顔面を隠した大柄な男が事務所に躍《おど》り込んできた。

消音型の短機関銃《サブ・マシンガン》を抱えていた。大男は無言で扇撃《ファンニング》ちしはじめた。小柴が数発浴びせられ、床に転がった。

才賀は寝撃ちの姿勢をとって、すぐさま撃ち返した。たてつづけに二発撃ったのだが、なんの手応えもなかった。

相手が全自動《フル・オート》で撃ってきた。

才賀は床に顔を伏せて、弾《たま》切れになるのを待った。

じきに銃弾は飛んでこなくなった。

才賀は敏捷《びんしょう》に片膝を立て、反撃するポジションを固めた。だが、大柄の男の姿が見当たらない。

才賀は事務所を走り出た。潜《くぐ》り戸から外をうかがう。襲撃者はどこにもいなかった。

(重森の依頼で、フェイス・キャップの男は小柴、根本、増尾の三人を葬《ほうむ》ったんだろう。おれを仕留《と》めなかったことには、何か意味があるんだろうか)

才賀は拳銃を上着の裾《すそ》に隠し、覆面パトカーに走り寄った。

2

八方塞がりなのか。

才賀は気落ちしながら、冷めた緑茶を口に運んだ。殺された戸浦監察官の自宅の応接間である。午後三時過ぎだった。

小柴たち三人が行田市の鉄工場で射殺されてから、五日が経《た》っていた。

その次の日、才賀は重森の自宅に出向いた。だが、重森は留守だった。夫人の話では、重森は行き先も告げずに旅行に出かけたという。過去にも、そうしたことは何度かあったらしい。おおかた重森は逃げたのだろう。

才賀は『東京ファンドエステート』の生田社長に連日、貼りついてみた。重森と生田がどこかで接触するかもしれないと予測したからだ。しかし、その読みは外れてしまった。

やむなく才賀は、戸浦の未亡人に会いに来たのである。だが、未亡人は亡夫の仕事のことは何も知らなかった。

「せっかく来ていただいたのに、ごめんなさいね。戸浦は融通の利かない性格だったんで、公務については家族に話すこともよくないと考えてたんだと思います」

「悪徳警官の摘発が戸浦さんの仕事でしたから、慎重になったんでしょうね。うっかり内偵中の被疑者のことを奥さんや友人に喋《しゃべ》って、そのことが外部に広まったら、取り返しのつかないことになりますから」

「その通りなんですが、妻としては少し寂《さび》しく思いましたね。夫は、女房にも気を許してなかったことになりますでしょ？」

「というよりも、ご主人は仕事熱心で公務に対する責任感が強かったんだと思うな」

「そう考えることにします」

「渋谷署から捜査状況に関する報告は？」

「数日前に、お電話をいただきました。でも、まだ犯人は捜査線上にも浮かんでないということでした。夫は頭をゴム弾で撃たれたようだということですから、歩道橋付近で誰かが不審者を目撃してもよさそうなんだけど」

「犯人は遠くから、狙撃銃でゴム弾を撃ったんでしょう。たとえば、ビルの屋上とか非常階段の踊り場といった死角になるような場所からね」

「そうなんでしょうか」

「あるいは、犯人がラジコンのヘリコプターを使ったのかもしれないな。ちょっとした細工をすれば、無線操縦の模型ヘリにゴム弾の発射器をこしらえられますからね。もちろん、リモコン操作でゴム弾を飛ばすわけです」

「ですけど、ラジコン・ヘリが宮益坂上歩道橋の上空を舞ってたら、通行人や近くのオフィス・ビルで働いている方たちの目に留《と》まるんではありませんか？」

「ま、そうでしょうね。とすると、やっぱり前者かな？」

「わたしは、前者なのではないかと思います」

会話が途絶《とだ》えた。

（これ以上粘っても仕方ないだろう）

才賀はそう判断し、辞去することにした。

未亡人に礼を述べ、覆面パトカーに乗り込む。恵比寿《えびす》三丁目だ。吉岡の自宅まで、ほんのひと走りである。

（せめて線香ぐらい手向《たむ》けないと、やっぱり心のけじめがつかない）

才賀はフォード・エクスプローラーを吉岡の自宅に向けた。

二十分ほどで、吉岡宅に着いた。応対に現われた未亡人の弓子は表情が険《けわ》しかった。

「本通夜にも告別式にも礼を欠いてしまって、さぞや無礼な奴だとお思いになられたことでしょう」

「何か事情があったんでしょ？」

「吉岡さんの事件のことで、有力な手がかりが摑めそうでしたんで、張り込みと尾行に専念してたんです」

「そうだったの」

弓子の表情が和《やわ》らいだ。才賀は、これまでの経過をかいつまんで話した。

「実行犯の大柄な男の正体までは、まだわからないのね？」

「そうなんです。しかし、そう遠くない日に奴の正体と雇い主のことはわかると思います」

「早く悪い奴らが捕まるといいわ」

「力を尽くします。手ぶらで来てしまいましたが、吉岡さんにお線香を上げさせてください」

「どうぞ、どうぞ。吉岡も喜ぶと思うわ」

弓子がそう言い、仏壇のある部屋に案内してくれた。

才賀は真新しい仏壇の前で正座した。

遺骨と遺影は、仏壇の真下の祭壇の上に置かれている。花と供物《くもつ》に囲まれていた。遺影は何年か前に撮影されたものらしく、故人は若々しかった。

「写真、四年前のものなのよ。娘も息子も、それがいいって言うもんだから……」

「そうですか。吉岡さん、とっても愉《たの》しそうに笑ってるな」

「夏休みに家族で下田《しもだ》に行ったとき、上の子が撮《と》ったの」

「家族旅行のときのスナップ写真だったのか。それで、吉岡さん、いい笑顔をしてるんだな」

「新婚時代よりも、嬉しそうな顔してるわ。わたしよりも、二人の子供たちが愛《いと》しかったんでしょうね」

「奥さんとお子さんたちを大事に想《おも》ってたはずですよ。こっちは独身だから、よくわかりませんが、家庭を持った男たちは妻子の存在が生き甲斐《がい》になってるみたいですから」

「確かに吉岡は、わたしを含めて家族想いだったわね。わたしは夫に甘えて生きてきたから、これからのことを考えると、不安でたまらないの」

「いろいろ大変でしょうが、お子さんたちがいるんだから、きっと苦難も乗り越えられますよ」

「ええ、頑張ってみるわ」

弓子が言い、才賀の斜め後ろに正座した。

才賀は遺影と骨箱に目をやってから、線香を手向《たむ》けた。合掌していると、ありし日の吉岡のことが次々に蘇《よみがえ》ってきた。悲しみが胸一杯に拡《ひろ》がった。

ほとんど同時に、目頭が熱くなった。しかし、ここで涙の雫《しずく》を零《こぼ》したら、何やらスタンド・プレイめいてしまう。

才賀は懸命に涙を堪《こら》えた。

そんなとき、不意に弓子が嗚咽《おえつ》を洩《も》らした。才賀は釣られる形で、涙ぐんでしまった。

気恥ずかしかったが、抑《おさ》えようがなかった。

「もう一生分の涙を流したはずなのに、夫がこの世にいないんだと思うと、なんだか泣けてきちゃってね」

弓子が照れ笑いをしながら、ハンカチで目頭を押さえた。才賀も、そっと手の甲で涙を拭《ぬぐ》った。

「居間に移りましょうか。コーヒーがいいのかしら？　それとも、日本茶にする？」

「きょうは、あまり時間がないんですよ。納骨のとき、またお邪魔するつもりです」

「そう。無理にお引き留《と》めしても悪いわね。きょうは、わざわざ来てくださって、ありがとうございました」

弓子が畳に三つ指をついて、丁寧なおじぎをした。才賀は突然の来訪を詫《わ》び、ほどなく吉岡の自宅を出た。

覆面パトカーに向かって歩いていると、彦根から電話がかかってきた。才賀は道端にたたずんだ。

「才賀君、敵に先を越されてしまったよ」

「垂水勉と関達男の身に何か起こったんですね？」

「そうなんだ。数十分前に、神奈川県の相模湖で垂水と関の二人の水死体が収容されたらしい。どちらも針金で全身をぐるぐる巻きにされて、生きたまま湖に投げ込まれたようだな」

「例の大柄な男の犯行ではなさそうだな。奴なら、射殺するでしょうからね」

「まだ断定するだけの材料はないんだが、おそらく今回は暴力団関係者の仕業《しわざ》だろう。というのは、前夜、夜釣りをしてた初老の男が湖畔の林の中に数人のやくざっぽい奴がいるのを目撃してるんだ。そいつらは代わる代わる湖岸の様子をうかがってたらしいんだよ」

「夜釣りをしてる人たちが消えるのを待ってたんでしょう。そして、針金で縛《しば》り上げた垂水と関を橋か、ボート桟橋から湖に投げ落としたにちがいありませんよ」

「ああ、多分ね。別働隊の者が垂水たち二人が藤野町《ふじのちょう》の道路工事現場で働いてることをやっと調べ上げてくれたんだが、一足遅かったよ」

「残念です。松村たち五人の誰かに協力してもらえば、三年前の不自然な捜査打ち切りの真相は苦もなくわかったはずですから」

「そうだな。当時の署長の重森を厳しく取調べれば、謎はいっぺんに解けると思うんだが、行方をくらましたままだからね」

「ええ。重森は、生田が松村に脅し取られた二千万円を小柴組の奴らに回収させてます。そのことから、重森と生田は何らかの親交があることまではわかりました」

「そうだね。しかし、生田は重森と接触する気配がない」

「ええ。こちらを警戒してるんでしょう」

「そうだとしたら、二人とも容易に尻尾《しっぽ》を出さないだろうね」

彦根が言った。

「自分も、そう思います。それで、別の方向から手がかりを探ってみる気になったんです」

「もう少し具体的に言ってくれないか」

「わかりました。例の馬場信吾の身替り犯と思われる芝木博司の遺族に会ってみようと考えてるんです」

「それは、いい考えだね。確か芝木は結婚してて、奥さんと世田谷区奥沢《おくさわ》二丁目の賃貸マンションに住んでたはずだ。捜査資料の中に、芝木の自宅の住所や本籍地も付記してあったと思うがな」

「ええ、ありました。どれだけの収穫があるかわかりませんが、とにかく芝木の未亡人に会ってみます」

才賀は通話を切り上げ、エクスプローラーに乗り込んだ。

ドア・ポケットから捜査資料を取り出し、東京拘置所の独房で自殺した写真家の自宅の正確な所番地とマンション名を頭に叩き込む。

山手通りに出ると、駒沢《こまざわ》通りをめざした。さらに自由《じゆう》通りに折れ、奥沢の住宅街を進んだ。

『奥沢レジデンシャルコート』は、八階建ての賃貸マンションだった。茶色い磁器タイル貼りの外壁に西陽が当たっていた。

才賀は覆面パトカーをマンションの前に駐《と》め、エレベーターで七階に上がった。

訪問先は七〇二号室だ。インターフォンを鳴らすと、しっとりとした女の声で応答があった。

「警視庁の者です。亡くなられた芝木博司さんのことで、少し話をうかがわせてください」

「少々、お待ちください」

「よろしく！」

才賀は少し退《さ》がった。

青い玄関ドアが押し開けられた。現われた女の顔を見て、思わず才賀は驚きの声をあげた。

なんと十年前に別れた昔の恋人の亜沙美《あさみ》だった。才賀よりも三つ年下で、理知的な美人である。

「才賀さんね？」

「そう。十年ぶりに再会するなんて、なんか映画かテレビ・ドラマみたいだな」

「ほんとね。お元気そうで、何よりだわ」

「きみがこの部屋にいるってことは……」

「雄介さんと別れてから、わたし、写真家の芝木博司と結婚したの」

「そうだったのか。いつなんだい、結婚したのは？」

「四年前よ。別に三十歳になる前に何が何でも結婚しなければと焦《あせ》ってたわけではないんだけど、二十九のときに芝木に何度もプロポーズされて、押し切られる形で一緒になったの」

「後《おく》れ馳《ば》せながら、おめでとう！　あっ、ごめん！　ご主人が亡くなって間《ま》がないというのに、無神経だったな」

「悪気はないんだから、いいのよ。ここで立ち話もなんだから、どうぞお入りになって」

亜沙美が客用らしいスリッパを揃《そろ》えた。才賀は会釈《えしやく》し、靴を脱いだ。

通されたのは、十畳ほどの居間だった。リビング・ソファの背後の白壁には、大きなパネルが掲《かか》げてあった。モノクローム写真だ。ヨーロッパの裏通りだろう。

「旦那が撮ったんだね？」

「ええ。ポルトガルの下町だそうよ」

「そういえば、隅《すみ》っこにファド酒場の軒灯が写ってるな」

「ファドのことは精《くわ》しいの？」

「ポルトガルの大衆歌謡だってこととアマリア・ロドリゲスという有名なファド歌手がいたことぐらいしか知らないんだ」

「わたしも同じよ。だけど、芝木は雑多な写真で食べながら、ファドの研究をしてたの。家計のことを考えずに勝手に参考資料なんかを買ったりしたんで、よく夫婦喧嘩をしたわ」

「そう」

「とりあえず、ソファに腰かけて」

「その前に、ご主人に線香を手向けさせてくれないか」

「ここには、夫の遺骨も位牌《いはい》もないのよ。彼の実家にあるの。芝木の両親は、わたしたちの結婚には反対だったのよ」

「どうして？」

「両方とも考え方が保守的だから、三十近くまで独身だった女は妻子持ちの男性と不倫してたにちがいないと思い込んでるの。夫は、義理の父母のことなんか無視しろといつも言ってたけど、最初から色眼鏡で見られるのは辛かったわ」

「そうだよな」

才賀は同調しつつ、リビング・ソファに腰かけた。亜沙美がダイニング・キッチンに向かった。間取りは2LDKのようだ。

（てっきり亜沙美は、どこかで幸せな結婚生活を送ってると思ってたが……）

才賀は胸に何かが重くのしかかってくるのを鮮やかに意識した。

亜沙美と知り合ったのは、刑事になりたてのころだった。たまたま才賀は、夜道で亜沙美が落とした定期券を拾った。その当時、亜沙美は某短大を出て、渋谷にある商事会社に勤めていた。

その会社は、渋谷署から八百メートルしか離れていなかった。そんなわけで、才賀は彼女の職場に定期券を直《じか》に届けた。そのとき、彼は乞《こ》われるままに自分の名刺を亜沙美に渡した。

数日後、勤務先に亜沙美がやってきて、デパートの包装箱を差し出した。先日の礼だという。中身はブランド物のネクタイだった。安物ではなかった。貰いっぱなしというわけにはいかない。

才賀は亜沙美をイタリアン・レストランに誘った。ワインの酔いも手伝ってか、話題は尽きなかった。

亜沙美は美しいだけではなかった。頭の回転も早く、思い遣《や》りがあった。才賀は、もっと亜沙美のことを知りたくなった。亜沙美のほうも才賀には興味がある様子だった。

こうして二人はデートを重ね、数ヵ月後に親密な間柄になった。亜沙美が自分との結婚を望んでいることを感じ取ったのは、知り合って三年後だった。

才賀は嬉しさを感じながらも、大いに困惑した。

中学生のころに海馬を傷《いた》めたときの後遺症で、軽度の記憶障害がある。日常生活に支障はないものの、不安は拭《ぬぐ》い切れなかった。

何かの弾みで、記憶障害が深刻化するのではないかという強迫観念がどうしても消えない。そうしたハンディキャップを背負った自分が最愛の女性を幸せにできるとも思えなかった。

才賀は、幾度も記憶障害のことを亜沙美に打ち明けようとした。

しかし、それは果たせなかった。恋人の同情に縋《すが》るようで、なんとなくフェアではない気がしたからだ。

思い悩んだ末、才賀は二股を掛けている振りをした。

自分で買ったマフラーを別の女性からのプレゼントと偽り、背広にわざと香水を吹きつけた。実在しない恋人を資産家のひとり娘だとも匂わせた。

そうした無神経な仕打ちに耐えられなくなった亜沙美は別れの手紙を送りつけ、職場とアパートも変えてしまった。才賀は、てっきり彼女は郷里の金沢に戻ったと思い込んでいた。

嫌いになって別れた女ではない。亜沙美が悲しみや辛さに必死で耐えているなら、じっとはしていられない。励まし、支《ささ》えてやりたいものだ。

「コーラよりも、コーヒーにすべきだったかしら？」

亜沙美が洋盆《トレイ》を捧《ささ》げ持って、摺《す》り足で近づいてきた。盆の上には、二つのゴブレットが載っていた。

「お構いなく」

「ええ」

才賀は言った。亜沙美は飲みものをコーヒー・テーブルに移すと、向き合う位置に浅く腰かけた。

「きみも坐ってくれよ」

才賀は改めて亜沙美を見た。三十三になったからか、大人の色香を漂わせていた。均斉《きんせい》のとれた肢体《したい》は、どんなふうに熟《う》れたのか。亡夫によって、亜沙美の官能は開発し尽くされてしまったのか。

だとしたら、ジェラシーを覚える。昔のように、まだ初々《ういうい》しさを留《とど》めているのか。不謹慎だと思いながらも、才賀は淫《みだ》らな想像をしてしまった。

「急に黙り込んだりして、どうしたの？」

「遠い昔のことを思い出してたんだよ」

「雄介さんに、ううん、才賀さんにあんな形で裏切られるとは思わなかったわ。ショックだったわ、とってもね」

「若気《わかげ》の至《いた》りってことで、勘弁してくれよ。モテるタイプじゃないのに、別の女に積極的にモーションかけられたんで、ついつい舞い上がっちゃったんだよ」

「その彼女と結婚したんでしょ？」

「いや、未《いま》だに独身なんだ。モーションかけてきた相手には飽《あき》られちゃったんだよ」

「慰めてなんかあげない」

「そんなことを期待するほど厚かましくはないさ」

「だいぶ大人になったみたいね」

「おかげさまで。ところで、ある事情があって、おれは三年前の美人モデル殺害事件を洗い直してるんだ。きみの旦那が野沢香織というモデルを絞殺したと自首して、地検送りにされたが、誰かの身替りになったんじゃないのか？　それとも、仕事で顔見知りになった被害者を乱暴する目的で……」

「芝木は殺人者じゃないわ。事件当夜、夫は奥の暗室で現像してたの。四谷の荒木町になんて行ってない。わたし、四谷署の当時の署長に会って、夫のアリバイを主張したのよ。だけど、被疑者の妻の証言は法的に認められないとかで、まともには聞いてもらえなかったの」

「署長の名は、重森だね？」

「ええ、確かそういう名だったわ。夫が犯人だと名乗り出たと聞いたときは、わたし、わけがわからなかった。芝木の頭がおかしくなったとしか思えなかったわ」

亜沙美が言って、コーラで喉を潤《うるお》した。

「そうだろうな」

「東京地検に送致されるまで、警察は夫との接見を認めてくれなかったの。弁護士は芝木と接見できたんだけど、夫は自分が被害者の女性を絞殺したと繰り返したらしいわ。だけど、その後、芝木は……」

「どうしたんだい？」

才賀は煙草をくわえた。

「身柄を東京拘置所に移された日、看守を大声で呼んで、自分は身替り犯なんだと訴えたというの。だけど、弁護士の話によると、まったく看守は取り合おうとしなかったそうなの。もちろん、弁護士には自分は無実だと訴えたらしいわ。でも、夫は不安だったんでしょうね。それで芝木は絶望的な気持ちになって、発作的に自らの命を絶ってしまったんだと思うわ」

「手許にある資料によると、その弁護士は旦那が死んだ翌日にJR新橋駅のホームから何者かに突き落とされ、入線してきた電車に轢《ひ》かれてるんだ」

「ええ、そのことは知ってるわ。モデルの女性を殺した真犯人が夫の新証言を表沙汰にしたくなくて、一方井《いちかたい》弁護士を誰かに葬らせたんじゃないのかしら？」

「きみの旦那は、何かと引き替えに身替り犯になることを引き受けたと思うんだ。自首する前に、何か気になることを言ってなかった？　よく思い出してほしいんだ」

「事件があった数日後、芝木は『そう遠くない日に、商業写真なんか一枚も撮らずに、好きな写真だけを撮っても充分に暮らしていけるようになりそうだよ』とぽつりと言ったの。それから、写真に理解のあるスポンサー企業が見つかりそうとも呟いてたわ」

「そのスポンサー企業の名は？」

「それは言わなかったけど、夢のような話だったわ。写真スタジオも自宅も無償で提供してくれるなんて話まで聞かされたらしくて、芝木は上機嫌だったの」

「そう。失礼だが、きみの旦那は写真の仕事で喰えてたのかい？」

「年収千二、三百は稼いでたの。でも、それはカタログ写真、ファッション写真、ヘア写真で得た収入だったのよ。芝木は、芸術写真だけで生活したいと切望してたの」

「芸術写真だけで喰える写真家なんか、ひとりもいないんじゃないのか？」

「でしょうね。だから、見返りを求めない純粋な支援企業《メセナ》をずっと探してたの。で、おいしい話に引っかかって、軽く身替り犯の役を引き受けちゃったんだと思うわ」

「すぐに釈放されるからとか言い含められて、つい悪魔の囁《ささや》きに耳を傾けてしまったんだろうか」

「そうなんだと思うわ。才賀さん、真犯人を見つけて、夫の汚名を雪《すす》いで！」

亜沙美が切迫《せっぱく》した口調で訴えた。

才賀は大きくうなずき、煙草の火を揉み消した。

3

二人の間に沈黙が落ちた。

先に口を開いたのは、亜沙美だった。

「夫の遺品の多くは義母が実家に持ち帰ってしまったの。でも、少しはここにまだ残ってるんだけど、何か手がかりになるんだったら……」

「旦那の仕事の予定帳は？」

「あるわ。三年前のものだけでいい？」

「そうだね。パソコンで日誌の類《たぐい》は付けてなかった？」

「そういうことはしてなかったわ。パソコンのフロッピーディスクは、そっくり義母が持ち去ってしまったの」

「そうなのか。それじゃ、とりあえず三年前の予定帳を見せてもらおう」

才賀は言って、コーラを飲んだ。キューブ・アイスは溶《と》けかけていた。

亜沙美がソファから立ち上がり、居間の左隣にある洋室に消えた。そこは、亡夫の仕事部屋だったのだろう。

（旦那が亡くなってから、亜沙美はどうやって生活してきたのかな？　この部屋の家賃だ

って、安くはないはずだ。なぜ、もっと狭いマンションに引っ越さなかったんだろうか）

才賀は素朴な疑問を懐《いだ》きながら、両切りピースに火を点けた。黒革のビジネス手帳を手にしていた。亡夫の予定帳だという。

半分ほど喫《す》ったとき、亜沙美がリビングに戻ってきた。黒革のビジネス手帳を手にしていた。亡夫の予定帳だという。

才賀はそれを受け取り、一月から順に目を通しはじめた。一日分は一頁《ページ》が当てられている。亜沙美が正面のソファに坐り、燃えくすぶっている煙草の火を揉み消した。

「悪い！　ちゃんと火を消したつもりだったんだが」

「昔と変わってないのね。才賀さんとつき合ってたころも、よくこうやって煙草の火を消してあげたわね」

「おれ、そそっかしいとこがあるから」

「そういうとこも、わたし、嫌いじゃなかったわ。それに才賀さんは、大人になっても、やんちゃ坊主みたいなとこがあったから、母性本能をくすぐられたわね」

「そうかい」

才賀は照れ隠しに素っ気なく応じ、芝木のスケジュール帳の文字を追った。黒ボールペンで写真の依頼主の雑誌社や広告代理店の担当者の名前、撮影場所、被写体などが克明に記《しる》されている。撮影後にスタッフと飲食した店まで書き込んであった。

頁《ページ》を繰《く》っていくと、六月五日分と翌日の六日付けの頁がそっくり欠落していた。六月九日付けと十日分も引き千切《ちぎ》られている。

「抜かれてる頁があるな。知ってた？」

「ううん、気づかなかったわ」

「旦那が四谷署に出頭したあと、警察の人間にこの予定帳を貸した記憶は？」

「ええ、あるわ。若い刑事さんが二、三日預かりたいと言って、四谷署に持ち帰ったの」

「そいつの名前は？」

「秋元《あきもと》、秋元正浩《まさひろ》さんだったと思うわ」

「そうか」

才賀は六月五日の頁《ページ》を見た。やはり、美人モデルが殺された日の分は翌日分とともに抜かれていた。重森が二日分の日誌を引き千切って、こっそり処分したのかもしれない。

そうだとしたら、そこには公《おおやけ》にしたくない何かが記述されていたのだろう。

才賀は予定帳を傾け、六月七日付けの頁《ページ》を仔細《しさい》に眺めた。前々日に書かれた文字は、わずかにへこんでいた。かなり筆圧が強い。

「後《あと》で消しゴムで消すから、六月七日の頁《ページ》を鉛筆で黒く塗り潰《つぶ》してもかまわない？　そうすることで、欠落頁《ページ》の文字がわかるはずなんだ」

「ええ、かまわないわよ」

亜沙美が快諾《かいだく》した。

才賀は上着の内ポケットから手帳を取り出し、豆鉛筆を抜き出した。豆鉛筆を使って、六月七日分の頁《ページ》をうっすらと塗り潰した。

すると、六月五日に書かれた文字が浮かび上がった。

〈午後四時に文英社《ぶんえいしゃ》に出かけ、グラビア撮影の打ち合わせをする。編集長と焼肉屋で夕食を摂《と》って、午後九時前に帰宅。亜沙美と四十分ほど談笑してから、暗室に引きこもる。午前零時まで、テーマ写真の現像をする。それにしても、物入れを改造した暗室は狭すぎる。もっと金があったら、自宅とは別に大きな写真スタジオを作りたい〉

才賀は読み終えると、亜沙美に予定帳を手渡した。亜沙美が才賀と同じように予定帳を翳《かざ》しながら、六月七日付けの頁《ページ》に彫《ほ》り込まれた筆跡を検《あらた》めた。

才賀は予定帳を受け取り、さきほどと同じ要領で六月十一日付けの頁《ページ》を豆鉛筆で薄く塗り潰した。と、六月九日分の文章がくっきりと立ち上がってきた。

〈正午過ぎに臨時の仕事をこなす。アメリカン・ショートヘアの写真を二十カット撮《と》っただけで、百万円も貰えたのはラッキーだ。生田氏はどこか胡散臭《うさんくさ》いが、愛猫家なのだろう。貰った臨時収入は、実にありがたい〉

才賀は、また予定帳を亜沙美に渡した。亜沙美が六月九日付けの筆跡を確認し、溜息をついた。

「旦那から生田って名を聞いたことがあるかい？」

才賀は訊いた。

「ううん、一度もないわ。誰か思い当たる?」

「おそらく経済やくざの生田克彦のことだろう。いまは『東京ファンドエステート』という不動産投資信託会社の代表取締役をやってる男だよ」

「芝木が経済やくざとつき合いがあったなんて、わたし、信じられないわ。夫は、金儲けだけを考えてる人たちを軽蔑《けいべつ》してたから」

「芸術家タイプのクリエイターたちは、誰もそうみたいだね。しかし、口では高尚《こうしょう》なことを言ってても、霞《かすみ》を喰《く》って生きられるわけじゃない。本音では、金も欲しいわけだ。現にきみの旦那は、百万の臨時収入を得られたことを喜んでる」

「ええ、そうね」

意外にも、亜沙美は反論しなかった。

「予定帳に書かれてる通りなんだね?」

「ええ。タニマチって、スポンサーのことよね?」

「ああ。昔、ひいきの力士の面倒を見てた大金持ちが大阪の谷町に住んでたらしいんだよ。それで、芸能人やスポーツ選手に気前よく祝儀をはずんでるリッチマンまでタニマチと呼ばれるようになったんだ」

「そうなの。芝木は芸術写真だけを撮りたがってたけど、卑《いや》しい面があったのね。わたし、がっかりだわ」

「仕方がないさ。宮廷に出入りしてたヨーロッパの音楽家や詩人は衣食住のすべてを王族に面倒見てもらってたらしいが、それは昔の話だからね。アーティストたちにも生活があるんだしさ」

「それなら、アートとビジネスを両立させるべきだわ。スポンサーのお金でぬくぬくと暮らしながら、芸術的な写真を撮りたいなんて、志《こころざし》が低すぎるわよ」

「それはそうなんだが」

「芝木がそこまで堕落《だらく》してると知ってたら、わたし、無理をしてまで、ここに住みつづける気はなかったわ。三年前の事件の真犯人が逮捕されるまで、わたし、ここを引き払ってはいけないと思ったの」

「失礼だが、きみはどうやって生計を立ててるんだい？」

「自由が丘にある熟女パブで働いてるの、芝木が亡くなってからね。小さなアパートに引っ越せば、昼間の仕事でも何とか食べていけると思うの。だけど、ここの家賃は月に十三万もかかるから、水商売関係の仕事をやらないと遣《や》り繰《く》りできないのよ」

「雇われママなのか？」

「ううん、一介のホステスよ。ただ、お店の中では若手だから、わたしを目当てに通ってくれるお客さんが多い」

「売れっ子ホステスなんだ。しかし、仕事は楽じゃないんだろうな？」

「そうね。お店が終わってからアフターもあるし、楽な仕事じゃないわ」

「客と一緒に鮨《すし》を喰いに行ったり、別の酒場に飲みに行かなきゃならないわけだ？」

「ええ、そうなの」

「中には露骨にホテルに誘う客もいるんだろうな？」

「全員とは言わないけど、ほとんどの男性に口説《くど》かれるわね。もちろん、相手を傷つけないよう上手に断ってるんだけど、脈がないと感じた方は自然と店に来なくなっちゃうの。一定の指名料をキープしようと思ったら、気を保《も》たせなきゃいけないから、それなりの苦労はあるわ」

「そうだろうな。何か昼間の仕事を探せよ。酔った男たちのご機嫌取りをやってたら、ストレスが溜まるばかりじゃないか」

「そうなんだけど、自分で決めたことだから」

亜沙美が哀《かな》しげに笑った。才賀は保護本能を掻《か》き立てられ、われ知らずに口走ってしまった。

「ここの家賃、おれが肩代わりしてやろう。だから、昼間働けよ。別に水商売が悪いと言ってるんじゃないんだ。きみが無理をした生き方をしてる気がして、なんか傍観《ぼうかん》してられなくなったんだよ」

「才賀さんの優しさは嬉しいけど、あなたに甘えるわけにはいかないわ」

「なぜ？」

「わたしたちは、もう十年も前に別れたのよ。棄《す》てられた女が哀《あわ》れみをかけられるなんて、二重の屈辱《くつじょく》だわ」

「そんなふうに僻《ひが》まないでくれ。十年前に亜沙美を傷つけたことを少しでも償《つぐな》いたいと思ったんだ」

「もう遅いわ」

「そうか」

才賀は力なく呟いた。

次の瞬間、頭の中が無数の気泡《きほう》で一杯になった。すぐに思考が停止した。そればかりではなく、記憶の糸が切れた。

ここは、どこなのか。目の前に亜沙美がいるが、とうの昔に別れたはずだ。なぜ、十年前の恋人と向かい合っているのか。

（おれは亜沙美とよりを戻して、また以前のようにつき合ってたのか。それで、彼女と結婚したんだろうか）

才賀はコーヒー・テーブルの一点を見つめながら、必死に考えてみた。

しかし、何も思い出せない。名状しがたい不安と怯《おび》えが膨《ふく》らんだ。このまま、脳の働きが永遠に回復しないのか。

「才賀さん、どうしたの？」

亜沙美が中腰になって、自分の顔を覗き込んでいる。

「おれたち、いつ仲直りしたんだっけ？」

「えっ!?」

「冗談だよ」

才賀は亜沙美の反応を見て、とっさに言い繕《つくろ》った。後遺症のことは隠し通したかった。

「びっくりしたわ」

「ここは、きみの自宅だよな？」

「ええ、そうよ。才賀さん、変だわ」

「何が？」

「急に魂《たましい》が抜けたような表情になって、一点をずっと凝視《ぎょうし》してた。それから、とんちんかんなことを言いだしたの。どこか痛くない？」

「どこも痛くないが、頭の中が熱いんだ。それから、白く霞《かす》んでるような感じだな」

「救急車を呼ぶわ。脳梗塞《のうこうそく》か何かだったら、大変だから」

「大丈夫だよ。めまいも吐き気もしないから、脳卒中の発作じゃないと思う。悪いが、長椅子に横たわらせてもらうぜ」

「ええ、そうして」

亜沙美がソファから離れ、長椅子の背当てクッションをどかした。それは、すぐに肘掛《ひじか》けの部分に置かれた。

才賀は身を横たえた。

「熱冷《さ》ましシートがあるけど、どうする？　頭が火照《ほて》ってるんだったら、使ったほうがいいと思うけど」

「そうだな」

「すぐ用意するわ」

亜沙美がダイニング・キッチンに駆け込んだ。才賀は、わけもなく大声で叫びたくなった。だが、本能的に自制した。

じきに亜沙美が戻ってきた。

才賀は、額に厚みのある青いシートを貼られた。ひんやりと冷めたい。いい気持ちだ。

「かかりつけの内科医に頼んで、往診してもらうわ」

「少し楽になってきたから、もう大丈夫だって」

「昨夜《ゆうべ》は、ちゃんと眠ったの？」

「四、五時間は寝たよ。しかし、ここ数日、張り込みや尾行で満足に眠ってなかったんだ。そのせいで、不整脈《ふせいみやく》か何かで脳が酸素不足になったのかもしれない」

「そうなのかしら？　明日にでも、大きな病院で精密検査を受けたほうがいいわ」

「ああ、そうするよ」

「才賀さんのことが心配だから、わたし、きょうはお店を休ませてもらうわ」

「お店って？」

「さっき熟女パブで働いてるって話したでしょ？」

「ああ、そうだったな」

才賀は話を合わせた。

「やっぱり、なんか変だわ」

「寝不足で、頭がよく働かないだけさ。そのうち、いつも通りになると思うよ」

「そうだといいけど」

亜沙美が言って、熱冷ましシートを軽く押した。

そのすぐあと、リビング・ボードの上で固定電話が鳴った。着信音を耳にしたとたん、才賀は頭の中がすっきりした。

「ちょっとごめんなさい」

亜沙美が断って、リビング・ボードに走り寄った。受話器を取ったとたん、彼女の表情が翳《かげ》った。

「お義母《かあ》さま、ご無沙汰しています」

「ええ、そうですね。子宝に恵まれなかったわけですから、わたしが旧姓の宗方《むなかた》に戻っても別に不都合はありません」

「………」

「例の事件の真犯人が見つかるまで、芝木の姓を名乗らせてください」

「………」

「ええ、先に籍を抜いても特に問題はありませんよね。ですけど、真犯人が逮捕される日までは博司さんの妻でいたいんです。わたしなりの考えがあるんですよ」

「………」

「わかりました。考えてみます」

通話が終わった。才賀は上体をゆっくりと起こした。

「義母に芝木の家から籍を抜いてくれって言われたんだね？」

「ええ、そうなの」

「一方的な言い分だな。子供ができなくても、きみは故芝木博司氏の未亡人であるわけだからね。意地でも籍なんか抜かないほうがいいよ」

「ううん、わたしは旧姓に戻ろうと思ってるの。夫がいなくなったら、芝木家の人たちとは縁を切りたいのよ」

「そういうことだったら、宗方姓に戻ればいいさ。おれには、宗方亜沙美のほうが親しみがあるからな」

「電話の遣《や》り取りが聞こえたでしょうが、事件の真犯人がわかったら、わたしは籍を抜くつもりなの」

「早くそうしてほしいな。きみが独身になったら、また恋人同士になれるかもしれないからね」

「わたしを裏切ったくせに、よくそういうことが言えるわね」

亜沙美が睨《にら》む真似をした。色っぽかった。

「お店の名を教えてくれないか」

「いやよ、教えない。働いてるとこを才賀さんには見られたくないの。といっても、誤解しないで。わたし、お客さんに平気で胸やお尻《しり》を触《さわ》らせてるわけじゃないから」

「わかってるさ。きみは凛《りん》としてるからな」

「でも、ホステスをやってる以上、煙草に火を点けてやったり、フルーツを口まで運んでやらなきゃいけないわけでしょ？」

「客をもてなすのが仕事なんだから、仕方ないさ」

「ええ、そうね。でも、見方によっては、男たちに媚《こ》びてるようにも映るわ。そう思われるのが癪《しゃく》なの。時給二千五百円に惹《ひ》かれてホステスになったんだけど、別に色気を売りものにしてるわけじゃない」

「わかってるよ。きみに少しでも指名料を稼がせたいと思っただけなんだ」

「そうなのかもしれないけど、やはり、あなたにはお店に来てほしくないわ」

「わかったよ。それはそうと、旦那の予定帳をしばらく貸してもらえないか。有力な手がかりになると思うんだ」

「ええ、かまわないわ」

「これを返しに来るとき、また会えるな。そのときは、一緒に飯でも喰おう」

才賀は予定帳を手にすると、長椅子から立ち上がった。

4

廊下から刑事課を覗《のぞ》く。

四谷署である。亜沙美の自宅マンションを出てから、ここに来たのだ。

出入口の近くに、二十七、八の男がいた。長身で、スポーツマン・タイプだった。

「ちょっといいかな？」

才賀は、男に声をかけた。

「なんでしょう？」

「本庁捜四の者なんだが、秋元正浩という若い刑事に会いたいんだ」

「わたしが秋元です」

「そうか。少し話を聞きたいんだが……」

「は、はい」

秋元が緊張した面持《おもも》ちで、刑事課から出てきた。

才賀は廊下を先に歩み、階段の踊り場で足を止めた。秋元もたたずんだ。

「こいつに見覚えがあるな？」

才賀は秋元の顔を見据《す》えながら、懐から芝木の予定帳を摑み出した。そのとたん、秋元の顔が強張《こわば》った。

才賀は黙って鉛筆で黒く塗り潰した頁《ページ》を見せた。

「この手帳から、六月五日、六日分と六月九日、十日分の頁《ページ》は抜き取られてる。こいつは、三年前に東京拘置所で自殺した写真家の芝木博司の遺品だよ。芝木のことは忘れてないよな？」

「ええ。野沢香織という美人モデルを絞殺した犯人《ホシ》です」

「よく見てみろ。六月七日付けの頁《ページ》に、前々日の五日に書かれた文字の筆圧がくっきりと彫《ほ》り込まれてるよな？」

才賀はビジネス手帳の頁《ページ》を捲《めく》って、六月七日付けの頁を開いた。鉛筆で薄く塗り潰した箇所には、六月五日に記述された文章の筆跡が残っていた。

「ええ、確かに」

秋元が小声で答えた。

「筆圧でへこんでるとこが、六月五日に書かれた文章だ。つまり、美人モデルが殺された事件当日ってわけさ」

「そうですね」

「筆跡を目でなぞり終えたか？」

「は、はい」

「芝木は事件当夜、奥沢の自宅マンションにいたと綴《つづ》ってる。そして、香織の死亡推定時刻には自宅の暗室で現像してたと記《しる》してるよな？」

「そうですね」

「事件当夜、夫が自宅にいたことを妻の亜沙美が当時の重森署長に証言してる。しかし、重森は身内の証言は法的効力がないと、芝木のアリバイを認めようとはしなかった」

「それは、事件捜査では常識でしょ？　犯罪者が身内や友人に口裏を合わせてもらって、アリバイを主張するケースは珍しくないですからね。それに、芝木自身が出頭してきて、犯行を認めたんです。それだから、彼は東京地検に送致されたわけでしょ？」

「芝木は何らかの見返りと引き換えに、誰かの罪を引っ被《かぶ》ったと考えられる。要するに、芝木は身替り犯に過ぎなかったんだろう。その証拠に彼は接見した一方井《いちかたい》弁護士に無罪だと言い張ってから、独房で自殺してる。次の日、弁護士も何者かに殺された。そうした状況証拠から、芝木は真犯人ではないと断定してもいいだろう」

「それじゃ、いったい誰が美人モデルを絞殺したんです？」

秋元が訊いた。

「馬場信吾という架空の重要参考人が疑わしいな。事件調書が故意に改ざんされてたことが疑惑の根拠だよ」

「調書が改ざんされてたんですか⁉ そんなこと、信じられません。だって、調書は担当刑事のほかに、うちの署の主任、課長、本庁から出張《でば》ってきてた桜田門の捜査員たちもチェックしてるんですよ。元署長の重森さんも目を通してたかもしれません」

「だから、調書の内容を書き変えたり、重参の実名や現住所を伏せることはできないと言いたいわけか？」

「ええ、そうです」

「元署長の重森が警察官僚に協力を強《し》いられたんだとしたら、どうだい？ 警察権力を握ってるようなお偉いさんに逆《さか》らえるかな？ それだけの勇気のある奴がいるかい？ 平刑事ならともかく、署長まで出世した人間が自《みずか》らの前途《ぜんと》を閉ざしたりはしないだろうが？」

「ええ、それはね。しかし……」

「ところで、この予定帳を預かったのはそっちだな？」

「ええ」

「元署長に命じられて、そっちがアリバイを裏付ける六月五日分の頁《ページ》を引き抜いたのか？」

「わ、わたしは、そんなことしてませんよ。借りてきた予定帳は、すぐに松村さんに渡しました」

「松村に渡したって？」

「そうです。松村さんは予定帳に目を通すと、部下の垂水さん、関さん、緒方さん、佐竹さんの四人を会議室に呼び集めて、何か話し合ってました。特捜本部の本庁捜査官が松村さんに何事かと訊いてましたが、空とぼけられてしまったようです」

「松村たち五人は、その後、何かアクションを起こしたのか？」

「揃って署長室に行ったようです、その手帳を持ってね」

「戻ってきたとき、松村は予定帳を持ってた？」

「いいえ、持ってませんでした」

「それなら、元署長の重森が自分の手で千切《ちぎ》ったのかもしれない。九日付けの頁まで引き千切ったのは、何か都合の悪いことが書かれてたからだろう」

「そんなことをしたのは、自首してきた芝木を真犯人として地検送りにするため？」

「ああ、そうだ。重参の馬場信吾は超大物と関わりの深い人物と思われるんだよ。だから、そいつを被疑者リストから外さなければならなかったんだ」

「そのことに元署長が関与してる疑いがあると……」

「そうだ。松村、垂水、関、佐竹が相次《つ》いで殺され、緒方が事故死したことは知ってるよな?」

「もちろん、知ってます。五人は、重森さんの不正を知ったために消されたんでしょうか?」

「重森の秘密に気づいて始末されたのは、緒方を除《のぞ》いた四人だ。緒方は運悪くトラックに撥《は》ねられたのさ。しかし、奴は裏切り行為を働いてた」

才賀は少し迷ってから、最後の台詞《せりふ》を付け加えた。

「どういうことなんでしょう?」

「美人モデル殺害事件の特捜本部《チヨウバ》が解散になったとき、松村たち五人は捜査の続行を強く望んでたんだろ?」

「ええ、そうでした。芝木の自殺で捜査を打ち切るのは不自然だと五人は公然と不満を洩らしてましたね」

「その後、松村たち五人が次々に島流しにされて、結局、依願退職してしまったことも知ってるだろ?」

「はい」

「なんか裏にからくりがあるとは感じなかったか？」

「不自然な異動だと感じました。五人とも刑事として優秀だったのに、小さな所轄署に飛ばされましたんでね。もしかしたら、松村さんたちは調書の改ざんに気づいたんでしょうか。それとも、その予定帳から四頁《ページ》分引き抜かれていることを知ったんですかね？」

「両方なのかもしれない」

「元署長に予定帳を芝木夫人に返してくれと言われたとき、中身を確認すべきだったな」

秋元が悔《く》やむ顔つきになった。

「松村たちは、重森と警察官僚が手を結んで馬場信吾の疑惑を消そうとしている事実を知ったからこそ、再就職活動を邪魔されたんだろう。緒方は不安定な暮らしに心細くなって、四人の仲間を裏切った。松村たち五人は、自分たちに冷や飯を喰わせた重森や警察官僚に復讐する気でいたんだよ」

「ほんとですか!?」

「ああ。しかし、緒方は寝返って、重森のスパイになった。佐竹と松村は、緒方が手引きしたヤー公たちに射殺されたんだ。相模湖で垂水と関の水死体が発見されたが、その事件《ヤマ》にも重森は関わってるにちがいない」

「そうだとしたら、警察は腐り切ってますね」

「ああ、まったくな。それはそうと、三年前、馬場が事情聴取されてるとき、重森が本庁に呼び出されたことはあるかい？」

「さあ、わかりませんね」

「生田克彦って男が署に来たことは？」

「それもわかりません」

「馬場信吾のことで、政治家や財界人の秘書から何か問い合わせはなかったか？」

「わたしは、まだ駆け出しの刑事ですから、そういうことまではわかりませんよ。それよりも、あなたの身分を確認させてください。さっき本庁の捜四の方だと言ってましたが、ほんとうは警察庁の監察官なのではありませんか？」

「おれの身許調べをすると、そっちは奥多摩あたりに飛ばされるよ」

「えっ」

「ついでに訊《き》いておこう。ここに渋谷署の吉岡刑事が来たことは？」

「その方は来ました。といっても、わたし自身が会ったわけじゃありませんけどね。吉岡氏はベテランの署員を飲みに連れ出して、いろいろ元署長の交友関係を探《さぐ》ってたようです」

「そのベテラン刑事の名前は？」

「黒岩研次《くろいわけんじ》という者ですが、いまは四国を巡礼中のはずです。先週、大学生の娘さんがインターネットの自殺サイトで知り合った四十代の主婦とレンタカーの中で練炭自殺をしてしまったんですよ。それで、黒岩さんは告別式を済ませると、弘法大師《こうぼうだいし》ゆかりの八十八箇所を巡拝《じゅんぱい》すると言って、四国に旅立ったんです」

「お遍路《へんろ》さんになってるんだったら、居所は摑みにくいな。警察庁の戸浦監察官が四谷署に来たことは？」

「そういう話は聞いたことありませんね」

「そうか。おれに会ったことは誰にも話さないほうがいいな。若死にしたいんだったら、話は別だがね」

才賀は言いおき、階段を下った。

四谷署を出ると、駐車場に置いてあるエクスプローラーの運転席に入った。携帯電話を使って、芝木の予定帳のことを彦根に報告する。

「行方をくらましてる重森鎮夫が、四日分の頁《ページ》を引き抜いたんだろうね。これで、元署長が正体不明の馬場信吾をかばった疑いが濃くなったじゃないか」

「ええ。それから、芝木博司が生田克彦に何か大きな見返りをちらつかされて、身替り犯人になった可能性も強まったわけです」

「そうだね。松村が経済やくざから脅し取った二千万円の回収に重森が手を貸してたことで、生田とのつながりが透《す》けてきた」

「ええ、そうですね。生田を締め上げれば、馬場なる男の正体がわかると思うんですが」

「そうだな。それから、圧力をかけた謎の超大物のこともわかるはずだ」

「ええ。芝木の予定帳の六月九日付けの記述によると、生田は大変な愛猫家でアメリカン・ショートヘアを飼ってるようなんですよ。その猫を引っさらえば、生田だけを誘《おび》き出せそうだな」

「才賀君、それは効果的かもしれないぞ。愛犬家や愛猫家は、家族以上にペットを大切にしてる場合があるって言うからな」

「ええ、そうですね。一度、試《ため》してみる価値はありそうだな」

才賀はそう言って、携帯電話の終了キーを押した。

エンジンをかけたとき、生田の愛猫をすぐに引っさらう気になった。才賀は覆面パトカーを走らせ、青山にあるペット・ショップに立ち寄った。

店員にアメリカン・ショートヘアの大好物を教えてもらい、数種のキャット・フードを買い求めた。車に戻り、生田の自宅に向かう。

代々木上原《よよぎうえはら》にある生田邸に着いたのは、午後八時過ぎだった。

才賀はエクスプローラーを数軒先の石塀の横に停め、車内で一服した。それからキャット・フードの袋を抱えて、ごく自然に外に出た。

通行人を装って、いったん生田邸をわざと通り過ぎる。庭園灯と門灯が煌々《こうこう》と灯《とも》り、家の中も明るかった。

家屋は奥まった場所に立っていた。テレビの音声や人の話し声はまったく聞こえない。猫の鳴き声も耳に届かなかった。

才賀は生田邸の前を幾度か往復し、キャット・フードを庭に投げ込んだ。ペット・ショップの店員によれば、犬ほどではないが、猫も嗅覚は悪くないらしい。

（キャット・フードのうまそうな匂いに誘われて、生田の飼い猫が庭に出てくることを祈ろう）

才賀は鉄柵《てっさく》の土台石の上にもキャット・フードを撒《ま》き、残りは道路に散らした。

猫はすばしっこい。素手では捕獲《ほかく》できないだろう。

才賀は大急ぎで、釣り具屋に車を走らせた。投網《とあみ》を購入し、生田邸に引き返す。

覆面パトカーを生田邸の少し手前に駐《と》め、助手席に買ったばかりの川魚用の投網を置く。

才賀は紫煙《しえん》をくゆらせながら、気長に待った。

（後《あと》は持久戦だな）

少し下げたウインドー・シールドから猫の鳴き声が聞こえたのは、十時四十分ごろだった。

生田の猫が罠に引っかかってくれるのか。

才賀は視線を伸ばした。

五、六分待つと、茶色っぽい猫が鉄柵の間から頭を突き出した。体毛は短い。アメリカン・ショートヘアか。
才賀は投網を左手で掴み、成り行きを見守った。

急に猫が首を引っ込めた。落胆しかけたとき、別の場所から体毛の短い猫が道路に現われた。

(チャンス到来だ)

才賀は、ほくそ笑んだ。

そのとき、猫が路面に散乱した固形餌に走り寄った。あたりを警戒しながらも、キャット・フードを貪《むさぼ》りはじめた。

才賀は投網を手にして、静かに車を降りた。

一歩ずつ抜き足で進み、猫の背後に迫った。

反動をつけて、網を投げ放つ。投網はきれいに円錐《えんすい》形に拡《ひろ》がり、猫を包み込んだ。

才賀は網を一気に手繰《たぐ》った。

しかし、一瞬、遅かった。猫は錘《おもり》の間を潜《くぐ》り抜け、飼い主の家の庭に逃げ込んでしまった。

(ドジったな)

才賀は投網を丸め、すぐさまエクスプローラーの中に戻った。すぐさま車を発進させ、あたりをゆっくりと巡った。そして、同じ場所に覆面パトカーを駐《と》める。

路上には、猫の姿はない。キャット・フードは、だいぶ残っている。

(もう少し経《た》ったら、またアメリカン・ショートヘアが道路に出てくるかもしれない)

才賀は辛抱強く待ちつづけた。

ふたたび先ほどの猫が庭から出てきたのは、数十分後だった。才賀は、猫が餌を漁《あさ》りはじめてから、静かに車を降りた。

すると、猫が気配で振り向いた。

才賀は投網を背に隠し、逆方向に目をやった。数秒が流れてから、猫を見る。猫は体毛を逆立《さかだ》てて、威嚇《いかく》の姿勢を崩さない。

「こっちにおいで！　もっとうまい餌をやるからさ」

才賀は手招きした。

と、猫は身を翻《ひるがえ》し、鉄柵の向こうに消えた。身ごなしは軽やかだった。

(いくらなんでも、もう道路には出てこないだろう)

才賀は苦笑しながら、エクスプローラーの運転席に入った。

丸めた投網を後ろの座席に投げ落とし、イグニッション・キーを回した。その直後、上着の内ポケットで携帯電話が打ち震えた。

才賀はセルラー・テレフォンを摑み出し、サブ・ディスプレイを見た。

発信者は亜沙美だった。才賀は別れしなに、彼女にプライベート用の名刺を渡したのである。

「才賀さん、わたし、困ってるの」

「どうしたんだ？」

「わたしを口説《くど》きたがってるお客さんがね、ホテルに行こうって、しつこく迫ってくるの。強引にホテルにわたしを連れ込む気なんだと思うわ」

「そいつは、何者なんだ？」

「テキ屋の親分らしいの。そんなことで、店長も見て見ぬ振りをしてるのよ」

「おれが店に行くまで、絶対に外に出るな。いいね？」

「救《たす》けに来てくれるの？」

「当たり前じゃないか。店の名は？」

「『マスカレード』よ」

亜沙美が熟女パブのある場所を詳しく喋った。

「だいたい見当はつくよ。その客に、護衛の若い衆はついてるのか？」

「店の中にはいないけど、いつも外の車の中で二、三人待ってるの」

「車はベンツか？」

「ううん、黒いクライスラーよ」

「わかった。店の営業時間は？」

「午後十一時五十分までよ。でも、肥後《ひご》ってテキ屋の親分は力ずくでわたしを閉店前に外に連れ出すつもりにちがいないわ」

「心配するな。おれが毒牙《どくが》を撥《は》ねのけてやるから、きみは口実をつけて店内にできるだけ長くいてくれ。いいね？」

才賀は電話を切るなり、覆面パトカーを走らせはじめた。

第五章　偽装工作のからくり

1

目の前で信号が赤に変わった。

かまわず才賀は、アクセルを深く踏み込んだ。幸運にも、脇道から車は飛び出してこなかった。

自由通りだ。数百メートル直進して左折すれば、駅前広場に出る。

すでに十一時半を回っていた。

才賀は気持ちが急《せ》いていた。亜沙美が閉店時刻前にテキ屋の親分に熟女パブから強引に連れ出される可能性もある。

才賀は信号を無視しながら、先を急いだ。一度、交差点で覆面パトカーの横っ腹にタクシーがぶつかりそうになった。

タクシー・ドライバーは急ブレーキをかけ、警笛をけたたましく響かせた。才賀は謝罪のサインを出すゆとりもなかった。

駅前広場に通じている通りを左に曲がると、ほどなく目標のレストランの袖看板《そでかんばん》が見えてきた。老舗《しにせ》のフランス料理店は、もう営業していなかった。

目的の『マスカレード』は、そのレストランの脇道のバー・ビルの三階にあるはずだ。

才賀はエクスプローラーを脇道に入れた。

少し先の路上に、黒いクライスラーが駐《と》められている。大型米国車の横には、二人の若い男が立っていた。

どちらも、ひと見でテキ屋とわかる風体《ふうてい》だった。いかにも垢抜《あかぬ》けない身なりで、これ見よがしにゴールドのブレスレットを手首に巻いている。

ひとりは、時代遅れのパンチ・パーマだ。もう片方は五分刈りだった。ともに二十五、六だろう。

（様子を見るか）

才賀は覆面パトカーを雑居ビルの横につけ、煙草に火を点けた。

ちょうど一服し終えたとき、バー・ビルのエントランスから一組の男女が出てきた。ずんぐりとした体型の五十男と亜沙美だった。肥後と思われる男は、亜沙美の片手を摑んでいた。亜沙美は腰を引きながら、懸命に立ち止まろうとしている。

パンチ・パーマの男が二人に走り寄って、亜沙美の空いている腕を乱暴に捉《とら》えた。五分刈りの男は、慌《あわ》ててクライスラーの運転席に乗り込んだ。

才賀はグローブ・ボックスからグロック26を取り出し、ベルトの下に差し込んだ。すぐに車を降り、バー・ビルの前まで駆けた。

「てめえ、何なんでえ？」

五十絡《がら》みの男が酔眼《すいがん》を向けてきた。

「わしの情婦《おんな》をどないするんや？」

才賀は亜沙美を見ながら、関西の極道を装った。

「堅気じゃなさそうだな。おれは一誠会柿沼《いっせいかいかきぬま》一家の肥後だ」

「テキ屋のおっさんやな？　ダサいやん。野良《のら》仕事しとったほうが似合いそうやで」

「てめえ、東に喧嘩売る気かい？　いい根性してるじゃねえか」

肥後と名乗った男がパンチ・パーマの子分に目配せした。

パンチ・パーマの男が白い綿ブルゾンのポケットからブラス・ナックルを取り出し、右手に嵌《は》めた。喧嘩道具である。上部に四つのリングがあり、下部の握りの部分は棒状になっていた。

ブラス・ナックルを嵌めた拳《こぶし》で顔面を殴られたら、鼻が潰《つぶ》れ、頬骨は砕《くだ》ける。口許にパンチを浴びせられたら、前歯は折れ、唇も切れるだろう。

「乱暴なことはしないで。そこにいる彼は……」

亜沙美がパンチ・パーマの男に言いかけ、急に口を噤《つぐ》んだ。才賀が目顔《めがお》で制止したからだ。

「神戸連合会の者《もん》みてえだけど、東京ででけえ面《つら》してると、痛い目に遭《あ》うぜ」

「テキ屋は凄み方も、なんや野暮《やぼ》ったいな」

「いい気になりやがって。てめえ、ぶっ殺してやる！」

パンチ・パーマの男が無防備に走り寄ってきた。隙だらけだ。才賀はトンボを切った。

相手が呆気《あっけ》にとられて、棒立ちになった。

才賀は着地するなり、上段回し蹴りを放った。蹴りは相手の首に決まった。パンチ・パーマの男が宙を泳ぎ、横倒れに転がった。

才賀は踏み込んで、相手の顔面と腹部を蹴った。パンチ・パーマの男が体を縮め、転げ回りはじめた。

そのとき、クライスラーから五分刈りの男が現われた。木刀を握っていた。

「サブ、関西の極道を半殺しにしてやれや」

肥後が亜沙美の利き腕を捩《ねじ》り上げながら、木刀を持った子分に言った。

サブが黙ってうなずき、木刀を大上段に振りかぶった。そのまま、大胆に間合《まあ》いを詰めてくる。

才賀は、わざと前に出た。誘いだった。

サブが立ち止まるなり、木刀を斜めに振り下ろした。刃風《はかぜ》は重かったが、掠《かす》りもしなかった。

木刀がサブの手許《てもと》に引き戻された。

才賀は一歩前に跳《と》んで、すぐにステップ・バックした。木刀がほぼ水平に薙《な》がれた。また、空《くう》に流れた。

サブがバランスを崩した。

才賀は相手に駆け寄って、右の逆拳を水月《すいげつ》に叩き込んだ。少林寺拳法や空手では、鳩尾《みぞおち》を水月と呼ぶ。左の正拳をサブの顎《あご》に見舞って、半歩退《さ》がった。

いったん前屈《まえかが》みになったサブが身を大きく反《そ》らせ、仰向けに引っ繰《く》り返った。右手から木刀が離れた。

才賀は木刀を道の端に蹴り込んでから、サブの腹に連続蹴りを入れた。サブが唸りながら、体を左右に振った。痛みで、歯を剝《む》いた。

「この女の顔が台なしになってもいいのかっ」

肥後が喚《わめ》いた。右手には、ダンヒルのライターが握られている。炎は亜沙美の頬のそばに寄せられていた。

「わしの情婦《おんな》に少しでも火傷《やけど》させたら、命奪《タマと》るで」

才賀はベルトの下からグロック26を引き抜き、手早くスライドを滑らせた。

「て、てめえ、そんな物を持ってやがったのか⁉」

「どないする？　一度、死んでみたら、どうや？」

「た、短気を起こすな。おれが悪かったよ。この女が未亡人だと言ってたから、おれが愛人《コレ》にしてもいいと思ったんだ」

肥後がライターを引っ込め、亜沙美の利き腕を放した。

「それで済まんことは、ようわかってるやろ？　どう決着《オトシマエ》をつける気なんや！」

「詫《わ》びはさせてもらう。三百、いや、五百万でどうだ？」

「端《はし》た金を貰《もろ》ても、しゃあないわ。土下座せんかい！」

「そ、そんなみっともねえことは……」

「できん言うんやな？」

「ああ」

「好きにせえ。その代わり、きょうがあんたの命日になるで」

才賀は言って、銃口を肥後に向けた。

数秒後、肥後がその場で土下座した。才賀は大股で歩み寄り、肥後の喉笛《のどぶえ》を蹴った。肥後が動物じみた唸《うな》り声を発し、横に転がった。

「行こう」

才賀はオーストリア製の拳銃をベルトの下に挟み、亜沙美の手を取った。彼女を覆面パトカーの助手席に坐らせ、急いで運転席に入る。

肥後の子分たちは、まだ路上に倒れ込んだままだった。才賀はエクスプローラーをバックさせ、フランス料理店のある通りに戻った。

「才賀さん、ありがとう。あなたが来てくれなかったら、わたしは肥後というテキ屋の親分に辱《はずかし》められてたと思うわ」

「とにかく、間に合ってよかった」

「刑事さんって、いつも拳銃を持ち歩いてるのね。そうじゃないと思ってたけど」

「こいつはモデルガンなんだ」

「そうだったの」

亜沙美は、才賀の嘘を疑いもしなかった。

「奥沢のマンションまで送ろう」

「今夜は自宅には帰りたくないわ。肥後が店長を脅して、わたしの自宅の住所を喋《しゃべ》らせるかもしれないから」

「そうだな。それじゃ、おれの行きつけのカウンター・バーで朝まで飲むか？」

「アルコールはもう……」

「飲みたくないか？」

「ええ。才賀さんが借りてるマンションは広いの？」

「間取りは１ＬＤＫだよ。おれのとこでよければ、ベッドを提供する。おれは、リビングの長椅子で寝よう」

「それじゃ、悪いわ。泊めてもらえるんだったら、逆にして。わたし、長椅子でも眠れると思うから」

「それは後で決めるとして、ほんとにおれの部屋に来るかい？」

「ご迷惑かしら？」

「そんなことはないよ。大歓迎さ。それじゃ、高円寺に向かうぜ」

才賀は車を自宅に向けた。

塒《ねぐら》に着いたのは、二十数分後だった。才賀は覆面パトカーをマンションの駐車場に入れ、亜沙美を五〇五号室に導《みちび》いた。

「男所帯なのに、割に片づいてるのね。もしかしたら、お部屋の掃除をしてくれる女性がいるのかな？　いても、当然よね」

「そんな女はいないよ。この部屋に女が上がったのは、亜沙美が最初なんだ」

「あら、そうなの。意外だわ。才賀さんはわたしに一途《いちず》な振りをしながら、別の女性とも上手につき合ってた男性だから……」

「それは、もう昔のことじゃないか。あんまりいじめないでくれ」

「うふふ」

「ビールぐらいつき合ってくれよ」

才賀は亜沙美をリビング・ソファに坐らせ、ダイニング・キッチンに足を向けた。

缶ビールは、いつも十缶前後冷やしてある。才賀は冷蔵庫を覗き、あり合わせの乳製品や野菜で手早くオードブルをこしらえた。

（女が缶ビールをラッパ飲みするのは、ちょっと抵抗があるだろう）

才賀は二つのビア・グラスも用意した。缶ビールとオードブルをコーヒー・テーブルの上に並べ、グラスにビールを注ぐ。

才賀は亜沙美と向かい合う位置に腰かけ、ビア・グラスを持ち上げた。

二人は乾杯した。

「野菜スティック、長さが揃ってるわね。才賀さん、そんなに器用だったっけ？」

「時々、自炊してるんだよ。カレー・ライス程度しか作れないがね」

「いつかチャンスがあったら、あなたの作ったカレー・ライスを食べてみたいわ」

「いつでも作ってやるよ」

話題は尽きなかった。二人はビールを傾けながら、恋人同士だったころの思い出に耽《ふけ》った。

やがて、午前三時になった。

才賀は亜沙美にシャワーを勧め、その間に枕カバーとフラット・シーツを交換し、パジャマ替りに男物のダンガリー・シャツを用意した。それから彼は居間に戻り、残りのビールを飲みつづけた。

十数分が過ぎたころ、亜沙美が浴室から現われた。長袖シャツとスカートをきちんと身につけていた。

「洗いざらしのパジャマがあるけど、きみにはサイズがでかすぎるだろうと思ったんで、ベッドの上にダンガリー・シャツを置いといた。それをパジャマ替りにしてくれ」

「ええ、ありがとう。わたしは、長椅子でいいのに」

「遠慮するなって。先に寝《やす》んでかまわないよ。おれも、ざっとシャワーを浴びてくる」

才賀はソファから立ち上がり、浴室に足を向けた。

熱めのシャワーを浴び、白いバスローブを羽織《はお》る。浴室を出ると、亜沙美がシンクに向かって洗いものをしていた。

「そんなことしなくてもいいって。明日、いや、もう日付が変わったな。ひと眠りしたら、おれが洗いものをするから、早く寝ろって」

才賀は亜沙美を寝室に半《なか》ば強引に押し込み、居間で煙草を吹かしはじめた。

ドアの向こうで、亜沙美が服を脱ぐ気配が伝わってきた。

才賀は初めて亜沙美を抱いたときと同じような胸のときめきを覚えた。十年の歳月は、亜沙美の肉体をどう変えたのか。全身が丸みを帯び、一段と肉感的になっているのではないか。

脳裏に昔の恋人の裸身を甦《よみがえ》らせたとたん、下腹部が熱を孕《はら》んだ。才賀は寝室に足を踏み入れたい衝動に駆られた。

かつては愛し合った仲だ。何かきっかけさえあれば、元の鞘《さや》に収まってもおかしくはない。しかし、理由《わけ》あって、自分から遠ざけた相手である。

本能のおもむくままに亜沙美を抱くことは、あまりにも身勝手だ。いまでもかけがえのない女と感じている彼女を惑《まど》わせるのは罪だろう。

才賀は欲望を抑《おさ》え、ビールを呷《あお》りつづけた。

数十分後、寝室のドア越しに亜沙美が声をかけてきた。

「雄介さん、もう寝ちゃった？」

「いや、まだ起きてるよ。眠れないのか？」

「ええ。あなたのベッドを占領してることがなんだか悪くって」

「いいんだって」

「でも……」

「だったら、狭いけど、おれもベッドで寝るかな」

才賀は冗談半分に言った。一拍置いてから、亜沙美の返事があった。

「わたしは、別にかまわないよ」

「そんなこと言ってると、襲っちゃうぞ。おれは飢えた狼だからな」

「悪い狼は、たいてい羊の仮面を被ってるわ。自分でそんなことを言う男性は、女を力ずくで犯したりしないでしょ？」

「男は誰も狼なんだ。甘く見てると、後で悔《く》やむことになるぞ」

「わたしは、もう小娘じゃないわ」

「襲ってもいいんだな？」

「そうは言ってないわ。変なことをしたら、男性のシンボルを嚙み千切《ちぎ》るわよ」

「おれをニューハーフにする気かい？」

「場合によってはね。でも、添《そ》い寝《ね》してくれるだけなら、ノー・プロブレムよ」

「それでいくか」

才賀はことさら軽く言って、ソファから立ち上がった。

寝室の照明は点いたままだった。亜沙美は才賀のダンガリー・シャツを着て、仰向けになっていた。

才賀はバスローブを身につけたまま、亜沙美の右側に添い寝をした。寝具に潜《もぐ》り込むとき、亜沙美のむっちりとした太腿《ふともも》に触《ふ》れた。下はパンティしか穿《は》いていなかった。

「昔のことなんだけど、一つだけ確かめさせて」

「なんのことだい？」

「二股をかけてたって話、実は嘘なんじゃない？」

「嘘なんかじゃないさ」

「それじゃ、その女性の名前を言ってみて」

「香坂光恵《こうさかみつえ》だよ」

「生年月日は？」

「えーと……」

才賀は言葉に詰まった。

「やっぱり、思った通りね。雄介さんは軽度の記憶障害があることを負い目に感じて、わたしから故意に遠ざかったんでしょ？」

「おれのハンディキャップに気づいてたのか、交際中に？」

「デート中に雄介さんは時々、ぼんやりとした表情になったりしたけど、記憶障害のことには気づかなかったわ」

「なのに、どうして？」

「雄介さんと別れて二年ぐらい経《た》ってからだったと思うわ。わたし、あなたの突然の心変わりがどうしても納得できなくて、実家のお母さんに電話をしたことがあるの」

「中学生のときに海馬を傷《いた》めたことは、おふくろから聞いたんだな？」

「ええ、そうなの。わたしはそんなことで負い目を感じることはないと思ったから、すぐに雄介さんに連絡する気になったの。でもね、お母さんの言ってることももっともだと思い直したのよ」

「おふくろは、きみになんて言ったんだい？」

「愛の形はさまざまだけど、相手の幸せを想《おも》って、敢《あ》えて身をひく場合もあるんじゃないかって。雄介にとって、あなたはこの世で一番大事な女性だったんだと思うともおっしゃったの。屈折《くっせつ》した形だけど、それが究極の愛なのではないかと……」

「そう」

「わたし、ずっと雄介さんへの想いを断ち切れなかったわ。だけど、お母さんのことを打ち明けたら、きっと雄介さんを苦しめる結果になると思ったの。だから、とっても会いたかったけど、わたしから連絡をすることはできなかったのよ」

「そうだったのか」

「いまだって、あなたのことは……」

亜沙美が言って、全身で抱きついてきた。才賀も愛《いと》しさが極《きわ》まって、思わず亜沙美を組み敷いた。肌の温《ぬく》もりが優しい。

二人は烈《はげ》しく唇を重ね、舌を絡《から》め合った。

才賀はディープ・キスを交わしながら、亜沙美のダンガリー・シャツとショーツを脱がせた。白い裸身は、十年前と少しも変わっていなかった。嬉しかった。

「抱いて！」

亜沙美が上擦《うわず》った声で言い、才賀のバスローブを剝《は》いだ。

二人は素肌を重ね、幾度も唇をついばみ合った。才賀は頃合《ころあい》を計《はか》って、唇を亜沙美の項《うなじ》に移した。口唇をさまよわせながら、弾みのある乳房を交互に愛撫する。二つの蕾《つぼみ》は痼《しこ》っていた。

才賀は徐々に顔を下げ、乳首を口に含んだ。舌の先で打ち震わせ、優しく吸いつける。

「雄介さん……」

亜沙美が淫蕩《いんとう》な呻き声を洩らし、切なげに喘《あえ》ぎはじめた。

才賀は右手で柔肌をまさぐりながら、逆三角に繁《しげ》った飾り毛を五指《ごし》で何度も梳《す》いた。絹糸のような手触りが懐かしい。

指先が硬く尖《とが》った突起に触《ふ》れると、亜沙美の体に震えが走った。双葉に似た合わせ目はぷっくりと膨《ふく》れ上がって、わずかに笑《え》み割れていた。

才賀は下から合わせ目を捌《さば》いた。次の瞬間、潤《うる》みがあふれた。才賀は蜜液を性器全体にまぶし、敏感な芽を集中的に慈《いつく》しんだ。

そうしながら、濡れそぼった襞《ひだ》の奥に中指を沈める。指に圧迫感が伝わってきた。

才賀はやや腰を浮かせ、亜沙美の右手を自分の股間に導いた。男根《だんこん》は、とうに猛々《たけだけ》しく反《そ》り返っていた。

亜沙美の指遣《づか》いも昔のままだった。それが嬉しかった。別の技巧を施《ほどこ》されたら、死んだ芝木にある種の嫉妬を感じたにちがいない。

不意に亜沙美が沸点《ふってん》に達した。

彼女は体を硬直させながら、悦《よろこ》びの声をあげた。甘やかな唸り声は長く尾を曳《ひ》いた。

才賀は正常位で体をつないだ。

亜沙美の内奥《ないおう》は熱くぬかるんでいたが、リズミカルな緊縮を繰り返している。快い。

「おれも会いたかったよ」

才賀は唇を求めながら、情熱的に腰を躍動《やくどう》させはじめた。

2

遅い朝食だった。

あと数分で、十一時になる。才賀は食堂テーブルに向かって、亜沙美とフレンチ・トーストを食べていた。食卓には、ハム・エッグとフルーツ・サラダも並んでいる。

どれも、亜沙美が作ったものだ。彼女は先にベッドから離れ、近くにあるスーパー・マーケットで食料を買い込んできたのである。

「朝から食材の買い出しに行かせることになって、悪かったな。自炊することが少ないから、ふだんは食料をストックしてないんだ」

「いいの、気にしないで。それよりも、なんだか照れ臭いわ」

「おれも、ちょっとね。しかし、昔に戻ったような気分だな」

「ええ、わたしもよ」

「亜沙美、しばらくここにいろよ。奥沢のマンションに帰ったら、肥後の手下が待ち伏せしてるだろうからな」

「ええ、でも……」

「きみのことが心配なんだ。おれの部屋にいれば、安心だよ。もちろん、もう店は辞めたほうがいい。亜沙美の面倒は、おれが見るからさ」

「ありがたい話だけど、まだ法的には芝木の未亡人なわけだから、ここで生活するわけにはいかないわ。ほんの少しだけど、貯《たくわ》えもあるから、マンスリー・マンションを借りようと思ってるの」

「そうか。けじめをつけたいという気持ちもわかるから、そうしたいんだったら、敢《あ》えて反対はしないよ」

「わかってくれて、ありがとう。一度、奥沢の自宅に戻って、着替えをバッグに詰めなくちゃね」

亜沙美が言って、コーヒー・カップを持ち上げた。

「ひとりでマンションに戻るのは危険だな。おれも一緒に行こう」

「そうしてもらえると、心強いわ」

「食事が済んだら、ここを出よう」

才賀はナイフとフォークを使って、ハム・エッグを小さく切り分けた。

二人が部屋を出たのは、およそ三十分後だった。

才賀は覆面パトカーの助手席に亜沙美を乗せ、奥沢に向かった。亜沙美の自宅マンションの周辺には、怪しい人影は見当たらなかった。

それでも、才賀は亜沙美の部屋まで従《つ》いていった。亜沙美は手早く身の回りの物をトラベル・バッグに詰めた。

才賀は携帯電話で、リース・マンション会社を検索した。中野駅の近くに手頃な物件があった。そのことを亜沙美に伝える。彼女は、そのマンスリー・マンションを借りたいと言った。

才賀はエクスプローラーにまた亜沙美を乗せ、リース・マンション業者のオフィスを訪ねた。そこで短期賃貸契約を済ませ、物件の案内をしてもらう。

亜沙美が借りたワンルームは家具付きだった。テレビや冷蔵庫もあった。業者の担当社員が去ると、才賀は自分の銀行のキャッシュカードを取り出した。

「暗証番号を教えるから、このカードを自由に使ってくれ」

「雄介さんの気持ちは嬉しいけど、そこまで甘えるのはまずいわ」

「金で亜沙美を縛《しば》ろうと考えてるわけじゃないんだ」

「ええ、わかってるわ。でも、当座の生活費には困らないから、大丈夫よ」

「なら、金が足りなくなったときには遠慮なく言ってくれ」

「ええ、そうさせてもらうわ。だから、そのキャッシュカードは引っ込めて」

亜沙美が言った。

才賀は素直に従った。

「いま、お茶を淹《い》れるわね」

「いいよ。これから、行かなければならない所があるんだ。何か用があるときは、いつでもおれの携帯を鳴らしてくれ」

「ええ。時間の都合がついたときに会いに来てね」

亜沙美が言った。才賀は笑顔でうなずき、六〇一号室を出た。

（生田の愛猫を引っさらう作戦は中断して、美人モデルの身内から情報を集めてみよう）

才賀は覆面パトカーに乗り込むと、捜査資料で野沢香織の実家の所在地を確認した。茨城県の土浦《つちうら》だった。

才賀は土浦市に向かった。

環七《かんなな》通りを走り、常磐《じょうばん》自動車道を使い、土浦北ICで降りる。野沢香織の実家は数キロ先の新治《にいはり》村にあった。果樹園を経営していた。

実家には、五十歳前後の母親しかいなかった。

才賀は身分を明かし、三年前の事件のことを非公式に再捜査していることも語った。

「犯人の芝木は東京拘置所で自殺したと聞いてますけど、どういうことなのかしら？」

「実は、芝木は身替り犯だった可能性が強くなったんですよ」

「ほんとですか⁉」

香織の母が驚きの声をあげた。

「そんなわけで、事件当時、娘さんと交際してた男のことを教えてもらいたいんです」

「香織は田舎者《いなか》だから、つまらない男に引っかかっちゃったんですよ。倉持洋《くらもちひろし》って男が名門の東都大学を卒業してることは間違いないんだけど、バイオ食品関係のベンチャー・ビジネスで数百億も儲けたなんて話はでたらめだったの。倉持洋は逆に事業でしくじって、娘に小遣いをせびってたらしいんですよ」

「その倉持という男には会ったことがあるんですか？」

「一度だけあります。黒いポルシェに香織を乗せて、ここに来たことがあるんですよ。長身でハンサムだったけど、第一印象はよくなかったわね。たまたま野良着だったからなのか、倉持は人を見下《みくだ》すような感じだったの」

「そうですか」

「親類に大物政治家がいると娘に何度も自慢してたようだけど、どこか厭味《いやみ》な奴だったわね」

「その大物政治家の名前は？」

「香織はそこまでは言わなかったわ」

「そうですか」

「香織は倉持と結婚したがってたんだけど、わたしも夫も反対だったの。倉持という奴は夫が正座して挨拶《あいさつ》したのに、胡座《あぐら》をかいたままで頭を軽く下げただけだったんですよ。娘は、お坊ちゃん育ちだから、形式張ったことが苦手なんだとフォローしてたけど、わたしら夫婦を軽く見てたにちがいないわ」

「そんなこともないんでしょうが」

「五十年以上も生きてきたんだから、少しぐらいは人間を見る目はあるわ。あの男はわたしたち夫婦を見下してたのよ。それから、香織のことも本気で愛してたとは思えないわね。きっと娘は適当に弄《もてあそ》ばれたにちがいないわ」

「倉持という男も、ずいぶん嫌われたものだな」

「あの男はね、娘が死んだのに、葬儀にも出席しなかったの。恋仲だった女が殺されたと知ったら、何か親許に連絡してくるのが当然でしょ？」

「ええ、そうですね。電話一本なかったんですか？」

才賀は確かめた。

「そうなのよ。それで、倉持は香織を単なる遊び相手と思ってたんだとはっきりわかったの」

「冷たい奴だな」

「真犯人が別にいるとしたら、倉持洋かもしれないわ。きっとそうよ」

「倉持の連絡先はわかります？」

「いいえ、わからないわ。娘の遺品の中に住所録もなかったし、携帯電話もなかったの。倉持が香織との関わりが表沙汰になることを嫌って、こっそり両方とも持ち去ったんじゃないかしらね？　そうだとしたら、あの男が香織を絞殺したのよ」

「倉持のことを洗い直してみましょう。娘さんに同性の友人がいたら、教えてほしいんです」

「香織は親に似ずに少しばかり器量がよかったんで、同性の友達には妬《ねた》まれてばかりでね、親友と呼べるような友人はひとりもいなかったんですよ。その分、男たちには言い寄られたみたいですけどね。でも、あんな不幸な死に方をして……」

香織の母親が語尾《ごび》を湿らせた。

才賀は居《い》たたまれなくなって、野沢宅を辞去した。エクスプローラーを五、六百メートル走らせてから、ガードレールに寄せた。

彦根に電話をして、別働隊の者に東都大学の同窓会名簿を繰《く》ってくれるよう頼む。倉持洋の現住所と職業はすぐにわかるだろう。

才賀はいったん電話を切り、彦根からの連絡を待った。

数分経《た》つと、刑事部長から電話がかかってきた。

「倉持洋は大田区大森《おおもり》三丁目××番地の自宅で、ブック・デザインの仕事をしてるね。ついでに前科歴もチェックしてもらったんだが、きれいなもんだった」

「香織の母親から聞いた話とだいぶ違うな。美人モデルの彼氏は自分の素姓《すじよう》を隠すために、倉持洋になりすましてたんでしょうかね？」

「そうだとしたら、例の馬場信吾は倉持洋の友人か知人なんだろう」

「ええ、多分ね。とにかく、倉持洋に会ってみます」

才賀は通話を打ち切り、ふたたびエクスプローラーを走らせはじめた。

倉持宅を探し当てたのは、午後三時半過ぎだった。

インターフォンを鳴らすと、直《じか》に三十二、三の男が応対に現われた。長髪で、口髭《くちひげ》を生やしている。中肉中背だ。どちらかと言えば、醜男《ぶおとこ》の部類に入るのではないか。

「警視庁の者ですが、倉持洋さんでしょうか？」

才賀は警察手帳を提示し、相手に訊いた。

「ええ、そうです」

「三年前、あなたはモデルをやってた野沢香織という女性と交際してました？」

「また、その件ですか」

倉持洋がうんざりとした顔で呟き、長嘆息した。

「わたしのほかにも、警察関係者がここに来たようですね？」

「ええ。最初に見えたのは渋谷署の吉岡さんで、数日後には警察庁の戸浦という監察官が訪ねてきました。二人とも、ぼくが野沢香織という女性と交際してるかどうか、真っ先に質問しましたよ」

「香織とは、つき合ってなかったようだな？」

「つき合うどころか、会ったこともありません。誰かがぼくの名を騙《かた》って、そのモデルの女性と適当に遊んで逃げたんでしょ？」

「それだけじゃなく、そいつが交際相手を殺害した疑いがあるんですよ」

才賀は言った。

「えっ、そうなんですか!?　吉岡さんも戸浦さんも、そこまでは言わなかったな。ぼくが、その女性と交際してるかどうか確認しに来ただけでね」

「どうやら誰かが倉持さんになりすまして、犯罪に走ったようです。失礼ですが、誰かに恨《うら》まれてるなんてことは？」

「そういうことはないと思うんですがね」

「だとしたら、友人か知人が単に自分の正体を隠したくて、あなたのお名前を使ったのかもしれないな」

「勝手に他人になりすますなんて、卑劣《ひれつ》だな。ぼくの偽者《にせもの》が人殺しまでしてたとしたら、絶対に赦《ゆる》せませんね。ナンパのときに、友人の名を騙《かた》るのとは、わけが違いますでしょ？」

「そうだね。被害者の身内の証言によると、あなたの名を使ってた男は長身でハンサムらしいんです。それに、黒いポルシェを所有してるようなんですよ」

「そいつの職業は？」

倉持が問いかけてきた。

「バイオ食品関係のベンチャー・ビジネスをやってたようです。絞殺された香織には成功したようなことを言ってたようなんですが、実は逆だったみたいなんですよ」

「事業はうまくいってなかったんですね？」

「被害者の母親は、そう言ってました。それで、その男は香織から小遣いをせびってたらしいんですよ」

「それじゃ、まるっきりヒモじゃないですか」

「誰か思い当たる人物はいませんか?」

「黒いポルシェを乗り回してるような奴は知らないな」

「その車は借りたものかもしれません。それから、あなたになりすましてた男の縁者に大物政治家がいるようなんですよ。その政治家の名まではわからないんだが……」

「大学の同期に元首相の樋口恒芳《ひぐちつねよし》の孫がいたけど、そいつとは個人的なつき合いはまったくなかったから、彼じゃないだろうな」

「その方の名前は?」

「番場慎也《ばんばしんや》です」

「樋口姓じゃないってことは、元首相の娘の子ってことなのかな?」

「ええ、そうです。番場の母親が樋口元首相の次女だという話でした。父親は早明《そうめい》大学の経済学部長をやってるんじゃなかったかな」

「そうですか」

才賀は短く応じて、いったん口を結んだ。

樋口恒芳は五、六代前の首相を務《つと》め、いまは民友党の元老として、現内閣を裏から支えている。八十五歳だが、矍鑠《かくしゃく》としていた。

母方の祖父が元首相で、実父が有名私大の教授という家庭環境ならば、いやでも身内の名誉や誇りには拘《こだわ》るだろう。そのため、番場慎也は倉持洋に化けて、戯《たわむ》れの恋愛を重ねてきたのか。

正体不明の重要参考人の馬場信吾と番場慎也を音読すると、似ている部分もある。四谷署の重森元署長は調書を改ざんする際《さい》、無意識に容疑者の実名に近い仮名を思いついたのか。それとも、馬場信吾という架空名は警察官僚が考えたのだろうか。

「そういえば、番場は大学時代からベンチャー・ビジネスに関心があって、投資家からシネマ・ファンドを集めて、映画製作を手がけたことがあったな。それは実現しなかったんですが、卒業時にはどこにも就職しなかったはずですよ」

「その後、番場はバイオ食品関係のベンチャー企業を立ち上げたのか」

「そのあたりのことは、よくわからないんですよ」

「元首相の孫と親しかった学友は？」

「番場は大学のヨット部に入ってたんです。ゼミの仲間よりも、ヨット部の連中と親しくしてましたね。といっても、彼と仲がよかった奴の名前までは知りませんけど」

「そう。ところで、三年前、四谷署か本庁捜査一課の者があなたを訪ねたことは？」

「ありませんね、そういうことは」

倉持がきっぱりと言った。

四谷署に設けられた特別捜査本部が倉持から一度も事情聴取しなかったことは、いかにも不自然だ。美人モデルと交際していたハンサムな重要参考人は、倉持と名乗っていたという証言がある。

警察がそうした基本的な裏付けを怠《おこた》るわけはない。外部からの圧力に屈し、意図《いと》的に事情聴取を避けたのだろう。

「刑事さんは、ぼくになりすましてた番場が交際中のモデルと痴話喧嘩の末に殺したと推測されてるんですね？」

「ええ、まあ」

「確か真犯人と名乗る写真家が警察に出頭して、その後、東京拘置所で自殺したんじゃなかったかな？」

「ええ、そうです。芝木という写真家は、自死する前に接見した弁護士に自分は無罪だと訴えてるんですよ。芝木は何かの見返りを約束されて、番場の罪を引っ被《かぶ》る気になったんだろうね」

「そういうことなら、弁護士が芝木という写真家のために一肌脱ぎそうだがな」

「一方井《いちかたい》という弁護士も、次の日、何者かに殺されてしまったんです」

「ほんとですか⁉」

「吉岡刑事と戸浦監察官が殺害されたことはマスコミ報道によって、あなたもご存じでしょ？」

「ええ。番場はモデル殺しの犯人として逮捕されることを恐れて、母親を通じて元首相の祖父に泣きついたのかもしれないな」

「なかなか鋭いな。実は、わたしもそう睨《にら》んでるんですよ。元老クラスの超大物なら、警察を動かすこともできるでしょう。検察だって、黙らせることも可能だと思います」

「警察が組織ぐるみで架空捜査協力費で裏金を作ってる事実が次々に内部告発されてるぐらいだから、もっとダーティな部分があるはずです。元首相がそうした証拠を握ってたら、警察は圧力を撥《は》ね返すことなんかできないですよね？」

「そうだね。黒いものを白くするほかなくなる。そこまでは無理でも、事件そのものを灰色にしてしまうことぐらいはするだろうね」

「番場が真犯人なら、身替り犯になった写真家は愚かなことをしたもんだな」

「芝木はすぐにも自分の疑いは晴れて、無罪放免になると信じてたんだろうね。真犯人は、芝木の公判前に国外逃亡を図る気でいたんだろう。その一方で、芝木を真犯人に仕立てるための材料を第三者に用意させてたのかもしれない」

「それで、芝木という写真家は絶望的な気持ちになって……」

「おそらく、そうなんだと思う。いろいろ参考になりました」

「番場が真犯人なら、一日も早く捕まえてくださいよ。どこかで、まだ倉持洋になりすましてるかもしれないと考えると、不安ですし、不愉快でもありますからね」

「力を尽くします。ご協力に感謝します」

才賀は謝意を表し、倉持に背を向けた。

覆面パトカーに乗り込んでから、亜沙美の携帯電話を鳴らした。待つほどもなく、電話がつながった。

「旦那の友人に番場慎也という名の男はいたかい？」

「その方は、東都大のヨット部にいらした方でしょ？」

「ああ、そうだよ」

「芝木も早明大学時代はヨット部に所属してたの。そんなことで、番場さんとは学生時代から顔見知りだったみたいよ。わたし自身は一度もお目にかかったことはないんだけど、母方の祖父が元首相だというんで、よく憶《おぼ》えてるの。あっ、もしかしたら……」

「番場が美人モデルを殺して、きみの旦那に身替り出頭を頼んだのかもしれないんだ」

「えっ、番場さん本人が夫に？」

「そうじゃないとしたら、経済やくざの生田克彦がおいしい話で旦那をその気にさせたんだろう」

「そうなのかしら？」

「番場と生田には、必ず接点があるはずだ。おれは、それを掴むつもりだよ」

「雄介さん、もう手を引いて。わたし、なんだか悪い予感がするの」

亜沙美が訴えた。

「もう後には引けないんだ」

「でも……」

「気障《きざ》な言い方になるが、男には命懸《が》けで何かに挑《いど》まなきゃならないことがあるんだ。女のきみには、なかなか理解してもらえないと思うが」

才賀は言って、終了キーを押した。

3

客の姿は疎《まば》らだった。

堀内は奥のテーブルについていた。新橋のレンガ通りにある大皿料理の店だ。カウンターの大皿には、和風をベースにした創作惣菜《そうざい》が十何種類か並んでいる。

才賀は店の奥に向かった。中野のマンスリー・マンションを出た彼は、六本木の『東京ファンドエステート』に車を走らせた。生田のオフィスを張り込みはじめた直後、当の本人が外に現われた。

ひとりではなかった。生田は三十二、三の上背のある男と連れだっていた。髪は栗色で、瞳は澄んだブルーだった。白人に見えなくもなかったが、東洋人の血が混じっている感じだ。ハーフなのかもしれない。

生田たち二人は近くのステーキ・ハウスに入り、食事を摂《と》った。

西洋人っぽい容姿の男は店の前で生田と別れ、タクシーに乗り込んだ。才賀は、そのタクシーを尾《つ》けた。しかし、銀座の並木通りで見失ってしまった。

才賀は、消えた男の正体が気になった。別働隊の者が番場慎也の顔写真を入手してくれる手筈になっていたが、まだ写真メールは届いていない。

美人モデルの母親の証言によれば、娘と交際していた男はハンサムで長身だったという。番場が髪の毛を栗色に染め、カラー・コンタクトで目の色を変えれば、一見外国人に見えるのではないか。

「ぴったり約束の七時だな」

堀内が言って、ビールを傾けた。卓上には、豚の角煮《かくに》、ひじき、雲丹焼売《うにシューマイ》、きんぴらの鉢《の》が載っている。

「だいぶ早く来たみたいですね？」

「十五分前に来たんだ。その前に才賀ちゃんに頼まれた件の情報は集めといたぜ」

「さすがは極道記者だ。仕事が早いや」

才賀は堀内と向かい合うと、店の従業員を呼んだ。

やってきた青年は、顔面ニキビだらけだった。才賀はビール、枝豆、めひかりの空揚げ、生湯葉《なまゆば》を注文した。

従業員が遠ざかると、堀内が前屈《まえかが》みになった。

「そっちが銀座で見失ったという外国人っぽい男は、自称アメリカ人のロバート・ハミルトンだ。職業はM&Aコンサルタントと称してるそうだが、生田の客分なんだろうな。ロバートは一年数カ月前から生田の会社に週に一度ぐらい顔を出して、銀座のクラブで派手に遊んで、請求書は『東京ファンドエステート』に回してるって噂だ。それから、赤坂の秘密カジノ『C』にもちょくちょく出入りしてるって話だったな」

「そう。『C』の真のオーナーは？」

「住川会の理事のひとりだったよ。権藤《ごんどう》って理事なんだが、生田とは若いころからの親友《マブダチ》みたいだな」

「そういうことで、ロバート・ハミルトンも『C』で遊んでるんだな。で、ロバートの塒《ねぐら》は？」

「住所は定《さだ》まってねえみたいだな。集めた情報によると、ロバートは都心の一流ホテルを週単位で転々としてるそうだ。宿泊代も、生田の会社に回してるらしいよ」

「まさに客分扱いですね」

「生田は、よっぽどロバートに恩義を感じてるんだろう」

「そうなのかな？」

才賀は呟いて、両切りピースに火を点けた。そのとき、ビールと枝豆が届けられた。ニキビ面《づら》の青年がテーブルから離れた。

「なんか異論がありそうだな？」

「ロバートは、まだ三十代の前半でしょ？」

「だろうな」

「生田はロバートの親族に何か借りがあるんじゃないですかね？　おれは、そんなふうに思ったんですよ」

「なるほどね、そうなのかもしれない。生田は、ロバートよりもかなり年上だからな。ところで、吉岡刑事も赤坂の秘密カジノの様子をうかがってたんだったよな？」

「ええ。旦那が言おうとしてることは、おれ、わかりますよ。吉岡さんは、ロバート・ハミルトンをマークしてたんじゃないかと言いたいんでしょ？」

「その通り！」

堀内がにっと笑って、豚の角煮を口の中にほうり込んだ。才賀もビールで喉を潤《うるお》し、枝豆を抓《つま》んだ。

めひかりの揚げものと生湯葉が運ばれてきたとき、別働隊のメンバーから携帯電話に写真メールが送られてきた。

才賀はディスプレイを見た。

番場慎也の顔写真だった。造作《ぞうさく》の一つひとつを入念に見る。ロバート・ハミルトンと同一人物だった。

「誰から写真メールが送られてきたんだい？」

堀内が訊《き》いた。才賀は適当にごまかし、携帯電話を懐に収めた。

「別に根拠があるわけじゃないんだけどさ、ロバートって奴の素顔は腕っこきの殺し屋《プロ》なんじゃねえのかな？　それで、生田にとって、都合の悪い人間を次々に始末してやってるとは考えられない？　だから、ロバートは『東京ファンドエステート』の経費で一流ホテルを泊まり歩いて、高級クラブで遊べるんじゃないのか？」

「そうなんですかね？」

「多分、そうなんだろう。ロバートは夜ごと、尻軽《しりがる》ホステスをホテルの部屋に連れ込んでたりしてな」

「旦那、なんだか羨《うらや》ましそうですね？」

「ちょっぴり妬《ねた》ましいよ。もっとも、最近は中折ればかりだから、仮にロバートと同じチャンスに恵まれても、恥をかくだけだろうけどな」

「年寄りじみたことを言ってないで、堀内の旦那も若い女と遊ばないと」

「あんまりけしかけんなよ。冗談はさておき、吉岡刑事と戸浦監察官はロバートって野郎に殺《や》られたんじゃないのかね？」

「そうなのかもしれないな」

「才賀ちゃんは、そうは思ってないんだ？」

堀内が言った。

「そんなことはありませんよ」

「ほんとかい？」

「ええ」

才賀は大きくうなずいた。うっかり別のことを口走ったりしたら、堀内に超法規捜査のことを覚《さと》られかねない。一方的に情報を貰うのは遣《や》らずぶったくりのようで気がひけるが、警察の機密は守らなければならない。

「才賀ちゃん、そっちも何か提供してくれや。世の中は、ギブ・アンド・テイクで成り立ってるんだ」

「それはわかってますが……」

「非公式で吉岡さんの事件《ヤマ》を追ってて、手土産《てみやげ》はなし、じゃ、愛想がなさすぎってもんだぜ」

「捜査が空回《からまわ》りしてて、まだ有力な手がかりを掴んでないんですよ」

「なんだって、そんなに出し惜《お》しみするんだい？　もしかしたら、吉岡刑事殺しの捜査は公式の極秘捜査なのか？」

堀内がそう言い、探るような眼差《まなざ》しを向けてきた。才賀は内心の狼狽《ろうばい》を隠して、努《つと》めて平静に振る舞った。

「おれは休職中の一介の刑事ですよ。そんな人間に公式の極秘任務が回ってくるわけないでしょ？　吉岡さんの事件《ヤマ》を洗ってるのは、あくまでも個人的な捜査ですよ」

「なんか疑わしいんだよな」

「おれを信じてくださいよ。非公式だから、捜査が思うように捗《はかど》らないんだ。だから、早く吉岡さんを成仏させたいと願いながらも、まだもたもたしてるわけです」

「一応、才賀ちゃんの言葉を信じておくか。その代わりってわけじゃないけどさ、吉岡殺しの犯人が割れたら、真っ先におれに教えてくれよな！　久しぶりに特種《とくだね》で、大新聞社の社会部記者どもに一泡吹かせてやりたいんだよ」

「わかってます。いの一番に堀内の旦那にスクープ種《ネタ》を流します」

「そうかい。ひとつ頼むぜ」

堀内がにこやかに言って、短くなったハイライトの火を消した。

そのすぐあと、才賀の携帯電話が打ち震えた。おもむろにセルラー・テレフォンを取り出し、発信者を目で確認する。彦根刑事部長だった。

「こないだ、ホテルに行った女からだ。旦那、ちょっと失礼するね」

才賀は席を立ち、手洗いの前まで大股で進んだ。携帯電話を耳に当てると、彦根が小声で問いかけてきた。

「電話、かけ直そうか？」

「いいえ、大丈夫です。何かあったんですね？」

「ああ。行方がわからなかった元四谷署長の重森鎮夫の射殺体が今夕、御殿場《ごてんば》の山林の中で発見されたんだ」

「重森まで口を封じられてしまったのか」

「静岡県警から第一報が入ったばかりで、これといった情報は入ってきてないんだ。これはわたしの推測なんだが、重森は現場付近の別荘かどこかに潜伏してたんだろう」

「御殿場周辺に元首相の樋口の別荘があるかどうか、別働隊のメンバーに確認してもらってくれませんか？」

「それは、もう確認済みだよ。例の超大物の別荘は箱根と軽井沢にあるが、御殿場にはなかった」

「そうですか」

「ただ、生田克彦の細君名義の山荘が御殿場にあったよ。多分、重森はその別荘にずっと身を潜《ひそ》めてたんだろう」

「ええ、考えられますね」

「別働隊の者が御殿場に向かったとこだ。重森が生田夫人名義の別荘に寝泊まりしてたかどうかは、今夜中にわかるだろう。きみのほうに何か動きは？」

「ありました」

才賀は経過を報告した。

「そのロバート・ハミルトンと自称してる男は、元首相の孫の番場慎也と思ってもいいだろう」

「ええ。番場は美人モデルを絞殺してから国外に逃亡し、一年半ほど潜伏生活を送ってたんでしょう。そして、帰国後はアメリカ人の振りをしてたと思われます」

「生田が番場を客分のように大事に扱ってるという話だったね？」

「ええ」

「昔、生田は樋口の書生みたいなことをやってたのかもしれないね。さもなければ、元首相に恩を売っといて、何か野望を叶《かな》えようとしてるんだろう」

「生田が政界入りを狙ってるとか？」

「いや、それはないだろう。裏経済界で暗躍してきた男は、名誉欲よりも金銭欲のほうが強いはずだ」

「でしょうね。生田が打算で元首相の孫の面倒を見てるのは、資産家の国会議員たちにリート・ビジネスに大口投資させることが狙いなのかもしれません」

「おおかた、そんなとこなんだろう。元老の樋口の息のかかった代議士は大勢いるからね。しかも、安定企業の創業者や二代目オーナーも少なくない」

「そうですね。超大物の樋口に生田の事業に協力してやってほしいと頼まれたら、誰も無視はできないでしょう」

「生田は巨額の投資金と信用を得て、まともな実業家になることを夢見てるのかもしれないね」

「そうなんでしょうか。その生田は、松村元刑事に脅し取られた二千万円を重森の手を借りて回収してます」

「そうだったね。重森、生田、番場の三人が一本の線でつながったわけだ。番場の母方の祖父の樋口恒芳が背後にいて、元首相が孫の殺人を闇に葬るために動いたと推測できる」

「ええ、そうですね。まだ透けてこないのは、警察側の協力者です」

「そうだね。警察庁と警視庁の有資格者《キャリア》たちをチェックしてみたんだが、元首相の樋口と個人的に親しくしてる者は特にいなかったんだ」

「元老は法務大臣経験者に圧力をかけて、孫の事件をうやむやにさせたんでしょうか？」

「それも考えられるが、元警察庁長官や元警視総監も視野《しや》に入れるべきだろうね」

「ええ。現職の警察首脳も怪しいのではないでしょうか？」

「才賀君、それはどうだろうか。元首脳たちとは違って、現職の高官はマスコミの言論統制をしてるつもりになってるが、その実、報道ジャーナリズムを心のどこかで恐れてるんじゃないのかね？」

彦根が意見を求めてきた。

「確かに、そういう面は否定できないな。在職中の高官が超大物政治家の圧力に抗《こう》しきれなくなって、黒いものを白くしてしまったことが世間に知られたら、その時点で何もかも失うわけですからね。ポストから引きずり下ろされるだけではなく、退職金や共済年金も貰えなくなるでしょう」

「ああ、そうだね。在職中の高官は失うものが多い。しかし、元警察官僚なら、陰謀が暴《あば》かれても、経済的なダメージは少ないな」

「刑事部長のおっしゃる通りですが、エリートだった方たちは何よりも名誉が傷つくのを嫌うのではないでしょうか。全員とは言いませんが、その大半は金銭よりもプライドを重んじてると思うんです」

「きみの言う通りかもしれない。そうなると、元首脳も現職高官も怪しいってことになるね」

「ええ。刑事部長、政治家に転身したがってるエリート官僚がいるかどうか、それとなく探っていただけますか?」

「そういう野心を持ってる高官なら、元首相に協力するかもしれないというんだな?」

「ええ、そうです」

「その件は早速、調べてみよう」

「お願いします。わたしは赤坂の秘密カジノに張り込んで、ロバート・ハミルトンと名乗ってる被疑者に接触を試みます」

「念のために言っておくが、番場慎也とわかっても、最初から犯人扱いはしないでくれよ。元老をまともに怒らせたら、どんな仕返しをされるかわからないからな」

「刑事部長らしくないことをおっしゃるな」

「臆病風《おくびょうかぜ》を吹かしたというわけじゃないんだよ。目的を達成する前に、われわれ超法規捜査に関わりのある人間が虫けらみたいに殺されたら、死んでも死にきれないだろう？」

「そうですね。確証を摑むまでは、番場には紳士的に接します」

才賀は電話を切った。

すると、すぐ背後に堀内が立っていた。才賀は困惑した。彦根との遣《や》り取りをどこまで聴かれてしまったのか。

「才賀ちゃん、誤解しないでくれ。おれ、別に盗み聴きしてたわけじゃないんだ。ビールを飲んでるんで、小便が近くなったんだよ。電話の内容は、ほとんど耳に入ってないから。でもさ、相手は女じゃないみたいだったね？」

「女との通話は短かったんですよ。そのすぐあとに、捜四の課長から近況を聞かせろって電話がかかってきたんです」

「そうだったのか。おれ、ちょっと用を足してくるからさ」

「わかりました」

才賀は自分たちの席に戻り、ビールを口に運んだ。

数分が過ぎたころ、堀内が戻ってきた。二人は雑談を交わし、午後八時半ごろに店を出た。

勘定を払ったのは、才賀だった。

「年下の人間に奢《おご》られっ放しは、まずいな。才賀ちゃん、銀座に回ろう。ワイン・バーに行こうや。むろん、そこはこっちが勘定を持つからさ」

「せっかくですが、これから行く所があるんですよ」

「さっき電話で女と会う約束をしたんだな？」

「ええ、まあ」

「そういうことなら、野暮なことは言わないよ。そのうち何か奢らせてくれ。それじゃ、またな」

堀内は軽く手を振ると、JR新橋駅に向かって歩きだした。

才賀は逆方向に百メートルほど進み、路上駐車した覆面パトカーに乗り込んだ。酒気帯び運転になるが、そのままエクスプローラーを走らせはじめた。

赤坂まで十分程度しかかからなかった。

才賀は秘密カジノ『C』のある雑居ビルの斜め前に車を停め、ヘッドライトを消した。

エンジンも切る。

運転席から地階に通じている階段はよく見通せた。自称ロバート・ハミルトンの姿を見落とすことはないだろう。

才賀はカー・ラジオのスイッチを入れ、チューナーをFMヨコハマに合わせた。レイ・チャールズの特集番組が流れていた。

いまは亡《な》き盲目の黒人歌手のヒット・ナンバーに耳を傾けながら、辛抱《しんぼう》強く張り込みつづけた。

長身の外国人らしい男が前方から歩いてきたのは、午後十時二十分ごろだった。よく見ると、写真メールの被写体の顔立ちと似ていた。番場慎也だろう。

栗色の髪の男がエクスプローラーの脇を通り抜け、『C』の階段の降り口に向かった。

才賀は大急ぎで、車を降りた。

気配で、背の高い男が振り向いた。

「やっぱり、番場だったな」

才賀は相手に歩み寄った。と、上背のある男が怪訝《けげん》そうな顔つきになった。

「なんだよ、おまえ、おまえ！　東都大のヨット部で二年先輩だったおれのことを忘れちまったの⁉　おまえ、番場慎也だよな？」

「ええ、そうです。でも、先輩の名前も顔も思い出せなくて……」

「おまえと違って、おれは顔の造りが地味だからな。それで、印象が薄いんだろう。あれっ、おまえ、目が青いな」

「ちょっと事情があって、カラー・コンタクトを目に入れてるんです」

「アメリカ人になりすましてるんだろ? ロバート・ハミルトンって名乗ってるらしいな」

「えっ!? あんた、何者なんだっ」

「騒ぐと、撃つぜ」

才賀は番場の片腕を掴み、ベルトの下から引き抜いたグロック26の銃口を向けた。

「い、いったい誰なんだ!?」

「静かな場所で、対談としゃれ込もうや」

「手にしてるピストルは……」

「本物だよ。信じられないというんだったら、一発撃ってやってもいいぜ。どうする?」

「引き金から指を離してくれ。言われた通りにするよ」

「いい心がけだ」

「何をさせたいんだよ?」

「とりあえず、おれの代わりに車を運転してくれ」

「わかったよ」

番場が観念した表情で言い、エクスプローラーの運転席に入った。才賀は素早く真後ろのシートに坐り、銃口を番場の背中に密着させた。

「逃げたりしないから、ピストルをしまってくれないか。頼むからさ」

「駄目だ。車を出せ！」

「最悪だな」

番場がぼやいて、覆面パトカーを発進させた。才賀は薄く笑った。

4

エクスプローラーを停止させた。

横浜市緑区の外れの宅地造成地だ。周《まわ》りは雑木林で、民家はなかった。遠くに東名高速道路の横浜・町田《まちだ》IC《インターチエンジ》のアーク灯がぼんやりと見える。

「ライトを消して、エンジンも切れ」

才賀は番場に命じ、ゆっくりと拳銃のスライドを引いた。初弾が薬室に送られた。

番場は全身を強張《こわば》らせながらも、命令に従った。ただ、動作はのろかった。

「なぜ、野沢香織をパンティ・ストッキングで絞め殺したんだ？」

「何を言いだすんだ!?　おれは人殺しなんかじゃない」

「耳から撃ってやるか」

「やめろ、撃たないでくれ。あの女は、香織は有名な映画プロデューサーと寝たんだよ。モデルから女優になりたくてね」

「ヒモみたいな彼氏に見切りをつけて、美人モデルは新しい生き方をしたかったんだろうな」

「いい夢を見させてやったのに、香織はおれの自尊心をずたずたにしやがった。それが赦《ゆる》せなかったんだよ」

「彼女にいい夢を見させてやったって?」

才賀は問いかけた。

「そうだよ。香織は顔もプロポーションもよかったけど、所詮《しょせん》は田舎育ちのイモ姉ちゃんさ。そんな娘《こ》に、おれと結婚できるかもしれないって夢を与えてやったんだ。それだけでも、このおれに感謝すべきなのに」

「何様《なにさま》のつもりなんだっ。思い上がるな!」

「あの女とおれは育ちが違うんだ。香織は果樹栽培農家の娘だったし、おれの父親は早明大学の教授なんだよ。母親の父親は、元首相なんだぜ」

「樋口恒芳の孫であることを誇りに思ってるんだろうが、別におまえ自身が偉いわけじゃない。おまえは、ベンチャー・ビジネスで失敗した冴《さ》えない男だろうが!」

「祖父のことまで知ってたのか!?」

「ほかにも、いろいろ調べ上げた。おまえは野沢香織を殺してから、事の重大さに怯《おび》え、母方の祖父に泣きついた。そうだな？」

「最初は、おふくろに相談するつもりだったんだ。しかし、香織を殺《や》ってしまったことはついに言えなかった。親父《おやじ》にも打ち明けられなかったんだよ。それで、田園調布の祖父の家に行って、救いを求めたわけさ」

「樋口は、どう反応したんだ？」

「親族のことを考えなかったのかと、初めはすごく怒ってたよ。でも、おれの事件で一族が生き恥を晒《さら》すなんて耐えられないと言いだして……」

「おまえの犯行を揉《も》み消してくれると約束してくれたんだな？」

「そうだよ。それでも、おれが香織とつき合ってたことは四谷署にすぐに知られて、任意同行を求められたんだ。おれは、祖父が用意してくれたアリバイ通りに事件当夜は横浜で飲んでたと繰り返した」

「樋口が第三者を使って、おまえのアリバイを証明してくれる複数の人間を用意させたわけだ。その第三者は、『東京ファンドエステート』の生田社長なんだろ？」

「ああ。祖父は、海軍時代の戦友だった生田克彦の父親と兄弟みたいなつき合いをしてたらしいんだ。そんなことで、戦友の息子の面倒を見てきたらしいんだよ。生田はそのことに恩義を感じて、これまでも汚れ役を引き受けてきたみたいだね」

「写真家の芝木を身替り犯にすることを思いついたのは、おまえなのか？」

「そうだよ。ヨット仲間の芝木は芸術写真だけで生活することを夢見てたんだ。そのことを祖父に話したら、生田に一肌脱いでもらおうと……」

「生田は三年前の六月九日、アメリカン・ショートヘアの写真を芝木に撮《と》らせて、破格の謝礼を払った。その上、スポンサーになってもいいと匂わせたんだな？　あるいは、スポンサーを紹介してやるとでも言ったのかもしれない」

「どっちかはわからないが、芝木は一億円の報酬で、おれの身替り犯になることを承知してくれたらしい。もちろん、彼には起訴される心配はないと生田が何度も言ったそうだ」

「ところが、芝木は地検送りになって、身柄を東京拘置所に移された。このままでは濡れ衣を着せられて刑務所にぶち込まれると考えた写真家は、一方井《いちかたい》弁護士に自分は無実だと訴えた。だから、樋口は誰かに弁護士の口も封じさせた。そうなんだろ？」

「実行犯がどこの誰かは知らないけど、その通りだよ」

番場が言って、坐り直した。

「元首相は警察に圧力をかけて、重要参考人だったおまえの調書を改ざんさせ、本名、生年月日、現住所、本籍地、職業などを伏せさせた。調書に記述されてた馬場信吾というのは架空の人物だった。そうしたずさんな手口が綻《ほころ》びを招いた。当時、四谷署の刑事だった松村、垂水、関、緒方、佐竹の五人は重要参考人が実在しないことを知ったばかりではなく、おまえが大学で同期だった倉持の名を騙《かた》って被害者の香織と交際してた事実も掴んだ。重参は不審だらけなのに、なぜだか特捜本部は解散になった。当然、松村たちは外部の圧力に警察が屈したと直感した。ま、当たり前だな。ついでに、訊いておこう。倉持には何か恨みがあったのか？」

「いや、全然。たまたま香織をナンパしたとき、倉持の名を思い出したんだよ。それだけのことさ」

「被害者に本名を教えなかったのは、適当に遊ぶつもりでいたからなんだな？」

「そういうこと。イモ姉ちゃんに結婚してくれなんて迫られたくなかったんだよ。結婚相手は深窓《しんそう》育ちの令嬢じゃないと、両家の格式のバランスがとれないからね」

「鼻持ちならない野郎だ！」

才賀は憤《いきどお》りを覚え、銃把《グリップ》の底で番場の頭頂部を叩いた。番場が両手で頭を押さえ、長く唸《うな》った。

「お坊ちゃんぶってるが、樋口だって、戦後の成り上がり者だろうが。町工場が朝鮮戦争特需で急成長し、さらに新規参入した住宅産業でも潤《うるお》い、それなりの財をなした。確か樋口も海軍に入る前は、群馬の材木問屋で働いてたんだよな？」

「それはそうだけど、祖父は成功者なんだ」

「しかし、元をただせば、庶民も庶民だろうが。エリートぶって、一般大衆を軽く見るんじゃない！」

「わかったよ」

「調書の改ざんに手を貸したのは、当時、四谷署の署長をやってた重森鎮夫だな？」

「そうだよ」

「しかし、重森が独断でそんなことはやれっこない。おまえの祖父は、警察首脳のひとりを抱き込んだはずだ。そいつの名前を言うんだっ」

「おれ、そこまでは知らないんだ。祖父が警察の偉いさんに鼻薬を嗅《か》がせたとは思ってたが、誰を懐柔《かいじゅう》したかは聞いてないんだよ。嘘じゃないって」

「それについては、生田に訊いてみよう。渋谷署の吉岡刑事と警察庁の戸浦監察官を殺したのは、大柄な男だな？」

「それは……」

「念仏を唱《とな》えろ！」

才賀はグロック26の銃口を番場の後頭部に押しつけた。

「こんなことになるんだったら、ずっとサンパウロに潜伏してればよかったよ」

「やっぱり、国外逃亡してたんだな。ブラジルには不正に入国したんだろ？」

「ああ、そうだよ。生田が用意してくれた他人名義のパスポートを使ってね。サンパウロには一年七ヵ月いたんだが、望郷の念が強まったんで、こっそり日本に舞い戻ったんだ」

「それ以来、生田の世話になってるわけか？」

「まあね。でも、生田にもメリットがあるわけだから、特に恩義は感じてないよ」

「祖父の樋口がいろんなリッチマンを口説《くど》いて、生田の会社に投資させてるんだな？」

「いい勘してるね。その通りだよ」

「話を戻そう。黒いフェイス・キャップを被ってる殺し屋らしい大男は何者なんだ？」

「生田に訊いてくれよ」

「死ぬ気になったか」

「撃たないでくれ。そいつは、八ヵ月前まで警視庁の急襲部隊『SAT《サット》』にいた真下征隆《ましたゆきたか》って男だよ。三十二だったかな。真下はギャンブルに溺《おぼ》れて、サラ金の無人スタンドから金を盗んで懲戒免職になったんだ。それ以来、喰うために殺しを引き受けてるらしいよ。生田の指示で、真下は吉岡と戸浦を始末したんだ。二人は、松村って元刑事の動向を探ってて、三年前の事件の真相を嗅ぎ当てたんだよ」

「思った通りだ。もう一度訊《き》く。樋口は警察官僚の誰を抱き込んだんだ？」

「そのことは、ほんとうに知らないんだよ」

「ま、いい。携帯電話を出せ！」

「えっ、何を考えてるんだ!?」

番場がうろたえた。

「生田に電話をかけるんだ。奴が応答したら、携帯をおれに寄越《よこ》せ。いいな？」

「生田をここに誘《おび》き出して、おれと一緒に殺す気なんだな？　あんたの目的は、いったい何なんだっ。祖父は、このおれを見殺しにはしないと思う。どんな裏取引にも応じてくれるはずだよ」

「だから？」

「祖父に電話させてくれ。あんたが五億欲しいと言っても、多分、すぐに用意してくれるだろう」

「おれは恐喝屋じゃない。黙って生田に電話しないと、頭を撃ち抜くぞ」

才賀は声を張った。

番場が竦《すく》み上がり、上着の内ポケットから銀色の携帯電話を取り出した。わななく指で、短縮キーを押す。

ほどなく電話がつながった。番場が悲痛な声で救いを求めた。

才賀は番場のセルラー・テレフォンを奪って、自分の耳に当てた。

「生田克彦だな？」

「きさま、何者なんだっ」

「自己紹介は省《はぶ》かせてもらう。午前一時までに、ひとりでここに来い。樋口には相談するなよ。それから、殺し屋の真下を連れてきたら、番場慎也は殺すぜ」

「わかった。言われた通りにしよう。で、そこはどこなんだ？」

生田が問いかけてきた。

才賀は場所を詳しく教え、乱暴に電話を切った。番場が前を向いたまま、左手を肩の後ろに回した。

「その尊大な態度は何なんだ？」

「携帯を返してほしいんだよ」

「だったら、ちゃんと口で言え！」

「すみません。携帯を返してください」

「いいだろう」

才賀は銀色のセルラー・テレフォンを番場に返した。番場は、それを懐に突っ込んだ。

「芝木とはヨット仲間だったんだろ？　それなのに、よく汚れ役を押しつけられたな。ふつうなら、そういうことはできないはずだ」

「別段、押しつけたわけじゃないよ。芝木がまとまった金を欲しがってたんで、身替り犯になってもらっただけさ。あいつは意気地がないよ。少し辛抱してれば、じきに不起訴処分になったのに。祖父がちゃんと段取りをつける手筈になってたんだ。それなのにビビって、弁護士に自分は潔白《けっぱく》だなんて言いだすから、あんなことになったのさ」

「その言い種《ぐさ》は赦《ゆる》せないな。急所を外して一発撃ってやる！」

「短気を起こさないでくれ。少しは芝木には済まないと思ってるんだ。しかし、事件の真相が発覚したら、おれの人生は破滅だからね。いや、おれだけじゃない。樋口一族と番場の身内も、前途《ぜんと》は多難になるだろう。そうなることは、どうしても避けたかったんだ」

「そのために、たくさんの人たちが犠牲になったんだぞ。そのことをほんの一瞬でも考えなかったのかっ」

「他人のことなんか考える余裕はなかったよ」

「救いようのないエゴイストだな」

「正義漢ぶるなよ。あんただって、おれの弱みにつけ入って、何かいい思いをしたいと企《たくら》んでるんだろ？」

番場が言い返した。

「心根《こころね》まで腐っちまったか」

「高所から物を言うな。あんたこそ、何様のつもりなんだっ。きれいごとを言ってるが、目的は金なんだろうが」

「おれを見くびるんじゃない！」

才賀は上体を大きく傾け、右肘《みぎひじ》で番場の側頭部を弾《はじ》いた。番場がウインドー・シールドにこめかみをぶつけ、野太《のぶと》く唸った。

「これ以上、おれの神経を逆撫《さかな》でしたら、殺《や》っちまうぞ」

才賀は拳銃を右脇に置き、上着のポケットから煙草とライターを掴み出した。

車内に、気まずい空気が横たわった。才賀は煙草を吹かしながら、時間を遣《や》り過ごした。

見覚えのあるベンツが近づいてきたのは、午前零時五十分ごろだった。

才賀はエクスプローラーから先に出て、人質の番場を運転席から引きずり下ろした。番場の腰の後ろに左手を伸ばし、ベルトを摑む。

ベンツが十数メートル離れた場所に停まった。運転席から降りた生田がフロント・グリルを回り込み、助手席から女を引っ張りだした。あろうことか、亜沙美だった。

「芝木の女房とは昔、恋仲だったんだってな」

生田が亜沙美の片腕を乱暴に捉《とら》えた。彼は、消音器を嚙ませたワルサーP5を握っていた。ドイツの警察向けに開発された大型ピストルだ。フル装弾数は、薬室の初弾を含めて九発である。

「人質の交換をしようってわけか」

才賀は言った。

「そういうことだ。双方の人質を同時に歩かせよう」

「わかった。生田、どうしてベンツのライトを消さないんだ？　何か魂胆《こんたん》があるんだな?」

「そんなものはないさ。ライトの光の中で人質を交換したほうが、お互いに安心じゃないか。闇の中での交換じゃ、裏をかかれそうだしな。だからさ」

「いいだろう。番場を解放するから、亜沙美をこっちに向かわせろ」

「ああ、わかった」

生田が言って、亜沙美の背を押した。才賀も番場を促《うなが》した。

二人の人質が五、六メートルずつ前進したとき、亜沙美がふいに体を旋回《せんかい》させた。そのまま彼女は、地べたに倒れた。被弾したことは間違いない。

「生田、汚いぞ」

「女を撃った奴は、向こうにいるよ」

生田が斜め後ろの暗がりを指さした。そこには、真下がいた。素顔のままだった。

「亜沙美、返事をしてくれ」

才賀は大声で呼びかけた。だが、反応はなかった。

「慎也さん、逃げるんだ」

生田が番場に言って、ワルサーP5を両手保持で構えた。才賀は頭を低くし、横に走った。生田が放った二発は頭上を駆け抜けていった。

才賀は生田の額に狙いをつけ、引き金を絞った。反動《キック》が手首まで伝わってきた。

標的の顔面が砕け散った。生田は棒のように倒れた。それきり、動かなくなった。

才賀は闇を透《す》かして見た。

番場の姿は掻《か》き消えていた。真下も見当たらない。

才賀は中腰で、亜沙美に駆け寄った。抱き起こすと、かすかに呼吸していた。

「いま、救急車を呼ぶ。だから、しっかりするんだ」

「……………」

「おれの声が聞こえるか？　聞こえてたら、何か言ってくれ」

「よかった」

亜沙美が瞼《まぶた》を閉じたまま、か細い声で呟いた。

「え？　もっと大きな声で言ってくれ」

「あなたに再会できて、よかったわ。芝木には申し訳ないけど、わたし、この十年間、雄介さんのことを想いつづけてきたの」

「亜沙美、もう喋るな」

「雄介さんにずっと会いたいと思ってたのよ。長年の願いが叶《かな》ったんだから、わたし、もう死んでもいいわ」

「ばかなことを言うな。左胸を撃たれてるが、わずかに心臓から外れてるから、きっと救《たす》かる。だから、諦《あきら》めるな」

「雄介さんのことはなんでもわかってる気でいたけど、あなたの屈折《くっせつ》した深い愛情には気づかなかったのね。わたしって、駄目な女ね」

「もう喋るなと言っただろうが。亜沙美、旧姓の宗方に戻ったら、おれと一緒に暮らしてくれ」

「いいの？　わたしはバツイチなのよ」

「かまうもんか。救急車が到着するまで、絶対に眠るなよ」

才賀は亜沙美を足許に横たわらせ、懐の携帯電話を探った。そのとき、ベンツの向こうで、かすかな発射音がした。空気の洩《も》れるような音だった。

亜沙美の体が小さく跳《は》ねた。暗がりの向こうに、大きなシルエットが浮かび上がった。

真下だった。

「あんたも死んでもらうぜ」

「そうはさせない」

才賀は宙返《ちゅうがえ》りを繰り返しながら、真下に銃弾を見舞った。三発目の弾《たま》が真下の眉間《みけん》に命中した。

真下が後ろに倒れた。声ひとつあげなかった。

才賀はグロック26をベルトの下に差し入れ、亜沙美に走り寄った。

すでに息絶えていた。

才賀は変わり果てた亜沙美を抱き上げ、頰擦《ず》りした。肌の温《ぬく》もりが伝わってきた。死の実感は乏しい。

それでも、涙が込み上げてきた。才賀は泣きながら、亜沙美の名を幾度も呼んだ。声は、すぐに風に千切《ちぎ》れた。

やがて、涙が涸《か》れた。

才賀は亡骸《なきがら》から離れると、真下の死体に憎しみを込めて残弾を撃ち込んだ。その直後、真下のポケットの中で携帯電話が着信音を発しはじめた。

才賀は携帯電話を取り出し、ディスプレイを見た。次の瞬間、体が凍《こお》りついた。発信者は彦根だった。

元首相に抱き込まれたのは、刑事部長だったのか。才賀はパニックに陥《おちい》りそうになった。混乱した頭で、黙ってセルラー・テレフォンを耳に当てる。

「真下君、こんな夜更けに何なんだね？　きみの再就職の件は忘れたわけじゃない。ずっと気にはかけてたんだが、これといった働き口がなくてね。もう少し時間をくれないか」

「………」

「おい、どうして黙り込んでるんだ？」

「真下は死にました。おれが射殺したんです」

「その声は才賀君だな!?」

彦根は驚いた様子だった。

「刑事部長がまさか樋口の協力者だとは思ってもみませんでしたよ」

「何を言ってるんだ？」

「例のフェイス・キャップの大男は、かつて『SAT《サット》』のメンバーだった真下征隆だったんです。刑事部長も、ご存じのはずですよ。それどころか、元首相の指示で真下と連絡をとってたんでしょ？」

「才賀君、きみは誤解してる。わたしは同郷の真下君に頼まれて、再就職口を探してやってただけだ」

「ほんとうなんですね、その話は？」

「わたしが君を騙《だま》したことがあるかね？」

「これまでは一度も……」

「それよりも、真下君が敵に雇われた殺し屋だったとは驚きだ。それは間違いないことなんだね？」

「ええ。ロバート・ハミルトンと自称してた番場慎也の口を割らせましたから」

才賀はそう前置きして、経過を説明した。

「番場は逃がしたが、生田と真下は仕留《と》めたんだな？」

「そうです」

「才賀君、真下の携帯の住所録をすぐにチェックしてみてくれ。警察首脳の誰かの氏名と電話番号が登録されてるはずだ」

彦根が言った。

才賀は終了キーを押し、すぐさま住所録を調べてみた。すると、警視庁副総監の保科晃生《ほしなあきお》の名と電話番号が登録されていた。そのほか警察関係者はひとりも載っていなかった。

才賀は彦根に電話をして、そのことを告げた。

「保科副総監は政界進出を図りたがってたから、元老の樋口に抱き込まれてしまったんだろう」

「刑事部長、どうします？」

「番場、保科、樋口を隠密《おんみつ》で逮捕しよう。細かい指示は後で伝える。とりあえず、別働隊の面々をそっちに行かせよう」

彦根が通話を切り上げた。

（亜沙美は、おれの手でどこかに埋葬してやろう）

才賀は恋人の遺体に足を向けた。

翌日の夕方である。

警視庁航空隊の大型ヘリコプターは、軽井沢の上空を飛行中だった。才賀は彦根と並んで機内のシートに腰かけていた。

どちらも表情は硬かった。数時間前に保科は副総監室で拳銃自殺を遂げてしまった。別働隊の情報によると、元首相の樋口は孫の番場とともに軽井沢の別荘に潜伏しているらしい。

大型ヘリが高度を下げはじめた。才賀は窓から、眼下を眺めた。三笠《みかさ》地区に差しかかっている。昔からの別荘地で、政治家や財界人の山荘が少なくない。

ほどなくヘリは、樋口の別荘の広い庭に舞い降りた。パイロットを残し、才賀と彦根は機から出た。

二人はポーチに走った。玄関のドアはロックされていた。

才賀は万能鍵を使って、手早く解錠した。山荘の中に足を踏み入れたとき、一階の奥で男の断末魔の叫び声がした。

番場慎也の声だった。祖父の樋口に何かされたのだろう。

「先に行きます」

才賀はグロック26を握ると、土足で玄関ホールに上がった。そのまま長い廊下を突っ走り、奥の和室に躍《おど》り込む。

畳の上には、血まみれの番場が俯《うつぶ》せに倒れていた。頸動脈《けいどうみゃく》を日本刀で搔《か》っ切られたらしく、天井まで血飛沫《ちしぶき》で汚れている。

番場は白目を見せながら、全身をひくつかせていた。

元首相は床の間を背にして、正座していた。白装束《しろしょうぞく》だった。血糊《ちのり》の付着した脇差を逆手《さかて》に持っている。

「孫の慎也が絶命したら、切腹させてくれ」

「そうはいかない」

才賀は言って銃弾で日本刀を弾《はじ》き跳ばした。火花が散った。刃先《はさき》が垂直に畳に突き刺さった。

「きさまには、惻隠《そくいん》の情《じょう》がないのかっ」

「甘ったれるな。あんたには、たっぷりと生き恥をかいてもらう」

「舌を嚙み千切ってでも……」

樋口が舌を長く伸ばし、口を大きく開けた。

才賀は踏み込んで、樋口の染《し》みの目立つ顔を蹴りつけた。元首相が横に転がった。

「次は、死んだ女の分だ」

才賀は亜沙美の顔を思い浮かべながら、樋口の喉元を思うさま蹴り込んだ。樋口が手脚《てあし》を縮め、転げ回りはじめた。

（亜沙美の亡骸を裏高尾《うらたかお》の山林に埋めたことは、当分、誰にも教えたくないな。やっとおれたちは二人っきりになれたんだから、亜沙美も赦《ゆる》してくれるだろう）

才賀は胸底で呟き、番場を振り向いた。番場の近くに立った彦根が、無言で首を横に振った。元首相の樋口は、まだ唸っている。

才賀は拳銃を腰に戻し、手錠を掴み出した。

著者注・この作品はフィクションであり、登場する人物および団体名は、実在するものといっさい関係ありません。

祥伝社文庫

上質のエンターテインメントを！　珠玉のエスプリを！

祥伝社文庫は創刊15周年を迎える2000年を機に、ここに新たな宣言をいたします。いつの世にも変わらない価値観、つまり「豊かな心」「深い知恵」「大きな楽しみ」に満ちた作品を厳選し、次代を拓く書下ろし作品を大胆に起用し、読者の皆様の心に響く文庫を目指します。どうぞご意見、ご希望を編集部までお寄せくださるよう、お願いいたします。

2000年1月1日　　祥伝社文庫編集部

囮《おとり》刑事《デカ》　警官殺《けいかんごろ》し　長編サスペンス

平成17年6月20日　初版第1刷発行

著者　南《みなみ》　英《ひで》　男《お》

発行者　深澤健一

発行所　祥《しよう》　伝《でん》　社《しや》

東京都千代田区神田神保町3-6-5
九段尚学ビル　〒101-8701
☎03(3265)2081(販売部)
☎03(3265)2080(編集部)
☎03(3265)3622(業務部)

印刷所　堀内印刷

製本所　明泉堂

ISBN4-396-33228-9　C0193

祥伝社のホームページ・http://www.shodensha.co.jp/